UNDERCOVER

捕风者 ——— 海飞 著

浙江文艺出版社
Zhejiang Literature & Art Publishing House

图书在版编目(CIP)数据

捕风者 / 海飞著. —杭州：浙江文艺出版社，
2024.8
ISBN 978-7-5339-7541-8

Ⅰ.①捕… Ⅱ.①海… Ⅲ.①中篇小说—中国—
当代 Ⅳ.①I247.5

中国国家版本馆CIP数据核字(2024)第057534号

策划统筹	王晓乐	责任印制	吴春娟
责任编辑	丁　辉　汤明明	封面设计	@Mlimt_Design
责任校对	牟杨茜	营销编辑	詹雯婷

捕风者

海飞 著

出版发行　浙江文艺出版社
地　　址　杭州市环城北路177号
邮　　编　310003
电　　话　0571-85176953(总编办)
　　　　　0571-85152727(市场部)
制　　版　杭州天一图文制作有限公司
印　　刷　杭州富春印务有限公司
开　　本　787毫米×1092毫米　1/32
字　　数　76千字
印　　张　5
插　　页　6
版　　次　2024年8月第1版
印　　次　2024年8月第1次印刷
书　　号　ISBN 978-7-5339-7541-8
定　　价　48.00元

捕风者

1

在苏响的记忆中，上海弄堂的天空，永远挤满了狭长的铅灰色的云。

当苏响带着一身风尘和三个月身孕从扬州赶到上海，并且找到卢加南住处的时候，开门的却是鲁叔和程大栋。程大栋把八仙桌上一只包着白布的木盒推到苏响面前。程大栋说，节哀，这是卢加南同志。

那天的风吹起窗帘，苏响仿佛听到卢加南吹口哨的声音，十分遥远而缥缈。苏响无力地靠在墙上，摸着肚里的孩子说，这是你爸爸。

鲁叔的脑门上沁着油亮的汗珠说，对不起。

苏响盯着这位把卢加南从扬州江都带到上海来的中年男人，笑了一下，她把骨灰盒紧紧地抱在怀中，对鲁叔轻声地说，你自己为什么不去死？

鲁叔额头上稀疏的头发随即耷拉下来。他一言不发，看上去十分惶恐，像一个做错事的孩子。

苏响的声音突然放大了无数倍，她像一个疯婆一样吼起来，你把他从扬州带出来，就应该把他再带回去！你说，你自己为什么不去死？

鲁叔仍然无言以对。苏响放下骨灰盒，抓起桌子上的茶杯，狠狠地砸向鲁叔。鲁叔额头上发出沉闷的响声，在杯子落地传来碎裂的声音以后没多久，他的脑门上开始流下一条蚯蚓一样的黏稠的血。那条血流过了他的左眼，让他看出去的景物都变成了一片红色。所以在鲁叔的记忆中，那天美丽的苏响一直都罩在一片红光中，像一个悲伤而愤怒的新娘。

站在一边的程大栋嘴唇动了动，最后也没有说什么，因为他不知道该怎么说。他本来想告诉苏响，卢加南的脖子被割开了，像一张咧开的嘴，也像一扇通往另一个世界的门。

程大栋最后说，江苏高等法院第二分院刑庭庭长郁华，中国职业妇女俱乐部主席茅丽瑛，都是他们杀的。

苏响说，他们是谁？

程大栋说，76号的人，龚放。

苏响看到程大栋说话的时候，他嘴里的一颗金牙不时地闪着暗淡的金光。苏响后来觉得自己的力气全部像水一样流光了，她在一张太师椅上坐了下来，久久地抱着卢加南的骨灰盒，像一幅静止不动的画。程大栋叹息一声，看了一眼额头上挂血的鲁叔。

在黄昏来临以前，三个人都一声不响，恍若三件静止的家具。当一缕略带寒意的残阳跃上雕花格子窗时，苏响瞪着鲁叔，从牙缝里蹦出一个字：滚！

那天傍晚，苏响站在黄浦江边，一直都在抬头看着铅灰色的云。她久久地把头仰着，是因为这样的姿势她照样能听到水拍岸的声音，照样能把两眼的泪水安然地盛放在眼眶里。夕阳掉进黄浦江里，那醒目的红色就成了湿漉漉的一片。这时候，不远处的轮船鸣了一声长笛，苏响才发现她的心仿佛是被掏空了似的。

她的身体无疑就成了一座废弃的空城。她仰头对着铅灰色的云层说，孩子，你爸爸走了。

2

苏响在慕尔堂找到马吉的时候，马吉正在专注地喂养一群白鸽。这是一个可爱的小老头，他蹲在地上正努力地把面包屑撕碎。那些自命不凡的鸽子摇摆着在马吉的身边走来走去。他是美国人，一个职业牧师，也是苏响父亲苏东篱的好朋友。

在慕尔堂礼堂的长凳子上和马吉并排坐在一起的时候，苏响觉得时间真的十分漫长，像是一滴水想要把这个世界滴穿那样漫长而遥远。她不时地能听到窗外鸽子振动翅膀的声音，果断地认为那不是翅膀声，也不是飞翔的声音，那只是风声。

那天她还看到了马吉黄白色的在风中颤动的头发，以及刮得青青的络腮胡。后来她把头靠在马吉的肩膀，虚弱地说，神把卢加南带走了。

马吉询问了苏响父亲苏东篱的近况，苏东篱刚娶了第三房老婆。苏东篱是扬州江都有名的绅士，瘦削得像一根竹竿。当他把第三房老婆婆回家门的时候，苏响看着那个女人健硕而浑圆的屁股，想，父亲的那根细腰会不会突然断掉。这样想着的时候，苏响的心里会回荡起一阵快意的欢笑。

那天马吉还把一架半新不旧的意大利产博罗威尼手风琴送给了苏响，他说你什么也没有了，就把这个琴留下。苏响抚摸着手风琴，觉得这可能就是她的卢加南。

马吉送苏响离开慕尔堂的时候，苏响一直都注视着慕尔堂红黄的砖墙。她一下子爱上了慕尔堂高高的屋顶，以及屋顶上的十字架。那时候十字架上涂了一层夕阳的余晖，让整个色调变得温暖。苏响的心一下子安静了，一些鸽子趁机从屋顶上咕咕欢叫着飞到苏响的身边。

当许多鸽子落在苏响身边的时候，苏响又说，马牧师，神把卢加南带走了。

3

在白尔部路渔阳里31号三楼一间朝北的屋子里，苏响开始整理卢加南的遗物。她整理遗物的时候，不许负责照看她的程大栋在场。在很长的时间里，她几乎没有整理遗物，而是在屋子里把脸久久埋在卢加南留下的一堆旧衣服里。

程大栋也是一个话不多的男人，他就一直站在门口抽烟。他的头发已经很长了，眼睛里布满血丝。他把自己抱紧了，慢慢蹲下去，蹲在房间的门口，像一个街头的乞丐。

苏响真正开始用心地整理遗物，是在晚上开了灯以后。她让门口的程大栋进屋，然后程大栋就一直看着苏响在一盏低垂的有着灯罩的白炽灯下整理遗物。桌子上放了一溜东西，有照相机，也有笔记本，还有一些照片，甚至还有围巾、船票和半新的皮箱。苏响拿起了一张自己和卢加南的合影，那是卢加南刚从法国回到扬州时和她拍的。他们就站在贴着倒"福"的一幢老式民居的大门前，表情呆板。那时候卢加南还没有跟鲁叔去上海，每天有用不完的时间。他规定自己每天都必须给苏响讲述至少一件法国的趣事。

苏响把遗物整理好，小心地放在皮箱里，还专门把那张照片留在了身边。

苏响在这间三楼朝北的房间里住了下来，她只是想要努力地凭着卢加南留下的气味回忆一些什么。她有时候也想想自己供职的小学校。她是扬州江都邵伯镇上一所小学校的音乐老师，也是拉手风琴的高手。她的琴声总是能压倒那些学生的喧闹。

程大栋受鲁叔的委派照顾她，一直要等到半个月后把苏响送回扬州。鲁叔不敢再露面，他觉得自己欠了苏响一条命。他怕苏响再用茶杯把他的额头砸破。

程大栋是个话不多的男人，但是她还是能看到程大栋说话的时候，嘴里的金牙一闪，亮起暗淡的光。她经常看到程大栋悄无声息地去里弄的老虎灶打开水。如果她没用热水，程大栋就会在合适的时候把热水瓶里的温水倒掉，重新再去打一壶。看上去他好像酷爱打热水似的，有一天他终于忍不住把一沓照片扔在了苏响面前的桌子上。

照片拍的是一座叫南京的城，城里除了袅袅的残烟以外，是一整片的废墟。废墟上全是断手残腿，或者少了头的身体。苏响的目光落在那些凌乱的尸体上，当看到一张开膛破腹的照片时，面对那一堆肠子，苏响呕吐起来，吐得一塌糊涂。程大栋拿一只脸盆给她接呕吐物，他第一次张嘴笑了，说死个人一点也不可怕。

苏响说，那什么才可怕？

程大栋收起了笑容，一字一顿地说，国家死了才可怕。

4

七天以后，苏响让程大栋送她去极司菲尔路76号。程大栋一惊，说你去那儿干什么？

苏响说，不要你管。

程大栋说，不行，我得向鲁叔汇报。去那儿等于去火葬场。

苏响仍然平静地说，也不要鲁叔管。

那天，无奈的程大栋喊了一辆黄包车把苏响送到了极司菲尔路76号，他站在远远的一家同来顺南货店门口，看着苏响从黄包车上下来。苏响走到76号门口的木头岗亭前，她对着木头岗亭认真地说，我寻苏放。

木亭子里荷枪的卫兵说，这儿没有苏放。

苏响说，有的！他是扬州江都人。

卫兵说，江都人只有一个，叫龚放，不是苏放。

苏响的脑子里就嗡地响了一下，她想起程大栋说过，杀卢加南的是龚放。

苏响说，那就寻龚放。

卫兵说，你是他什么人？

苏响说，我是他妹妹。

那天苏响坐在龚放办公室的金丝绒沙发里，她等了龚放很久。办公室的窗户上挂着厚重的窗帘，室内开着一盏落地灯，苏响突然觉得这个办公室里没有白天和黑夜之分。很久以后，沉重的门被打开了，龚放穿着中山装出现在苏响面前，他的鼻子上还残留着一滴鲜血，他刚刚因为恼怒而在刑讯室里就地处决了一名军统嫌犯。见到苏响的时候，他说，你怎么来了？

苏响说，你改名了？你叫龚放？

龚放说，不用你管。

苏响说，你依然那么恨你爹苏东篱？

龚放说，你有什么困难可以来找我。需要钱？

苏响淡淡地笑了，说我不缺钱。

龚放说，那你缺什么？

苏响说，我缺哥哥。

龚放一下子就黯然神伤，他是苏响同父异母的哥哥。苏东篱的大老婆生下龚放，二老婆生下苏响，接着苏东篱又娶了一个三姨太。苏响不知道三姨太还能不能为体弱多病的苏东篱生下一个苏什么。在她的印象中，苏东篱面容冷酷，很少说话，总是穿着一袭皱巴巴的长袍。苏家有一个很大的丝厂，是当地有名望的人家。但是苏家的少爷苏放，也就是龚放，在一个多雾的清晨突然消失了。消失前一天的晚上他刚刚和苏东篱大吵了一场。他骂苏东篱狗东西的时候，苏东篱的手杖挥起来，在龚放的头上狠狠地敲了一记。龚放的手随即搭在头上，一会儿就有血丝从他的手指缝里钻出来。

龚放看了看手上黏糊糊的血，用舌头舔了舔说，真咸。

那天龚放对苏东篱笑了，笑得苏东篱有些莫名其妙。龚放深深地弯下腰去鞠了一躬说，谢谢你把我养大，苏东篱。

第二天清晨，当龚放和一只藤箱在苏家大院消失以后，苏东篱的大老婆敲开了苏东篱的房门，她站在苏东篱的床前平静地说，老爷，你杀了我儿子。

那天在龚放的办公室里，龚放在苏响不远处的沙发上坐了下来。他不知道从哪儿找来了一个洋娃娃，是一个十分可爱的外国孩子，有着卷曲的头发。龚放就抱着这个布娃娃和苏响说话，他的口气柔软了不少，说，以后没有什么事，不要来这儿找我。

为什么？

因为这儿不是人待的地方。

那你还待在这儿？

因为我早就不是人了。

苏响不再说话，好久以后，她紧盯着龚放毫无血色的脸和薄薄的嘴唇说，你杀了很多人？郁华？茅丽瑛？卢加南？……

龚放说，乱讲，都不是我杀的。

苏响说，那至少也和你有关。

龚放看了看紧闭的门口，轻声说，最大的杀人犯是汪主席。

在苏响离开以前，龚放的门被敲响，一个戴眼镜长得像大学教授的中年男人匆匆走了进来，他的手里拿着一个文件夹。他把文件夹打开，递到仍坐在沙发上的龚放面前说，那五名嫌疑人死活不招，都差不多快被打死了，到现在连是共党还是军统都没审出来。

龚放看了苏响一眼，接过文件夹沙沙地签字，边签边轻声地对中年男人说，押到小树林，活埋。

中年男人拿着文件夹走出去的时候，苏响从随身带着的包里拿出一块手帕，伸出手去十分细心地替龚放擦着鼻子上的一滴鲜血。

苏响说，以后小心点。

5

　　程大栋站在同来顺南货店的屋檐下，看到苏响从
76号写着蓝底白字"天下为公"四字的门台下面走过，
穿过门岗向他走来。程大栋叫了一辆黄包车，黄包车带
上了他和苏响。在回渔阳里31号的路上，程大栋试探
着问苏响去76号是见谁，苏响仍然是那句老话，不要
你管。

　　那天的天气其实是晴好的，但是苏响却仿佛听不到
任何声音了。她大部分的时间眯起眼睛看着从天上漏下
来的参差不齐的阳光。而程大栋看到的却是穿着黄色工
衣的车夫在奔跑与摇摆中的背影。苏响的目光从天空中
慢慢收回，然后她看到了街景，看到了霓虹灯和街上行
走的各色人等，看到了各种咖啡店、商号、旗袍行、大
药房，所有的一切都像是在上演着一场无声电影。同父
异母的哥哥龚放惨白的脸在她面前不停晃动。她总是有

一种不祥的感觉，她觉得龚放的脸上笼罩着一层死亡的气息。

一声枪响把苏响从无声世界里拉了回来，她看到了杂乱蜂拥的人群。在极短的时间内，一辆卡车突然驶到了四海酒楼的门口，与此同时，数名黑衣人揪着一个汉子从酒楼的大门口出来。苏响和程大栋几乎同时看到了鲁叔变形的脸，他的脸红得像一个胡萝卜，很像是喝了酒的样子。他的嘴上全是血，显然是挨了重重的一拳，说不定连牙齿也被敲了下来。两个黑衣人紧紧揪着他的头发，将他的手反扭在背后。一个黑衣人的手撑着鲁叔的脸，以至于鲁叔的脸变得扭曲并且朝向天空。他们正向那辆车子走去。鲁叔挣扎了一下，他看了黄包车上的程大栋和苏响一眼，突然吐出了一嘴的血泡。他的喉咙咕噜翻滚着，想要说什么却没有说出来。

鲁叔的目光大约和苏响的目光触碰了三秒钟，然后他怪异地笑了一下，猛地挣开黑衣人，重重地撞向汽车挡板上的角铁。苏响看到阳光下红白的液体飞舞，那块角铁上沾上了鲜血、脑浆与头发，而鲁叔的身子委顿下去，像一株晒瘪的白菜。很快鲁叔被扔进了车厢，黑衣人纷纷上车，车子疾驰而去。惊恐的人们又迅速地围了上来，在他们的头顶上方，苏响看到了经久不散的一阵血雾。

在四海酒楼二楼的窗口，一个叫陶大春的男人低着头看着楼下街道上的苏响。他是苏响的同乡，他看到了鲁叔撞铁自杀的一幕，也看到了失魂落魄的苏响。陶大春叼在嘴上的香烟不停地颤动着，他身边的阿六忙划亮一根火柴为陶大春点烟。陶大春抽了一口烟，透过喷出的烟雾，他看到苏响和一个男人同乘着一辆黄包车远去。

陶大春轻声对阿六说，真不牢靠，共产党的交通站怎么老是出问题？

当苏响请来牧师马吉，在渔阳里 31 号三楼的一个房间里为鲁叔做祷告的时候，苏响眼前仍然晃荡着鲁叔的目光。短暂的三秒钟目光交会中鲁叔有很多话和她说，她无法转述，但是她明白鲁叔的意思。这令程大栋感到奇怪。那天在马吉做完祷告后，程大栋十分认真地对苏响说，你是一个奇怪的人。

苏响却惨淡地说，你不如说这是一个悲惨的世界。

程大栋说，你要是给报馆写文章的话肯定很好，说的话就像诗。

苏响说，我写不好文章。我拉手风琴不错。

第二天清晨，程大栋送苏响去火车站。他们坐在有轨电车上，车子划过了清晨的宁静。那天的风很大，把斜雨送进了车窗。苏响十分喜欢这样的清凉，任由斜雨把她的半边身子打湿。她抱着那个包着白布的木盒说，加南，咱们回家了。

在摇晃的车厢里程大栋说，鲁叔的两个儿子都死了，前年，交通站被破坏了。

程大栋说这些的时候像是在自言自语，甚至可能连他自己都不知道说了些什么。但是苏响听进去了，她一直在微笑着，脸上是那种仿佛深陷在甜蜜回忆中才会有的表情。电车叮叮叮地一路响着，晃荡着行进在上海的清晨。在车子停下来以前，苏响转过头十分认真地对程大栋说，如果我说我想留下来，你会不会觉得我奇怪？

程大栋也认真地看着苏响说，为什么要留下来？

苏响说，鲁叔比我家多死了两个人，这对鲁叔不公平。

　　程大栋笑了。他的嘴咧开来，露出一颗金灿灿的
牙齿。

6

程大栋帮苏响找到了西爱咸斯路的一幢公寓楼，苏响很快搬了过去。那天晚上，程大栋带来了一个发福的女人。女人穿着月白色的旗袍，还烫了头发，把头发弄成了一个卷心菜的模样。她看上去已经有四十多岁了，眼睛下面有了明显的眼袋，脸上的皮肤也松垮垮的。她叼着一支小金鼠香烟，不时喷出的烟雾让苏响对这个女人十分讨厌。女人在一张沙发上坐了下来，居高临下地紧盯着苏响看。

程大栋说，这是梅娘。

苏响微笑着，但没有吱声。

梅娘说，你看我像大户人家的小姐吗？我家是书香门第，在老家有一百多亩山地和竹林、五百多亩水田……

苏响说，你吹的吧。

梅娘不高兴了，眼神中掠过一丝无奈，不是吹的，是现在没有了。那是我爷爷手上的事。

苏响说，那还是等于没你的事。

苏响边说边飞快地织着一件毛衣。这是一件暗红的织了一半的毛衣，本来苏响是为卢加南织的，现在卢加南不在了，她还是想把它织完。看着苏响上下翻飞的手指头和毛线针，梅娘的目光没有再离开。

你的手很巧。梅娘说，指头很长，不胖不瘦。可惜了。

怎么可惜了？

打毛衣可惜了，你可以做其他的，比如弹钢琴。

你盛产山地和竹林的老家也有钢琴？

笑话我？

我没那么多力气来笑话你。我会拉手风琴，是小学音乐老师。

梅娘笑了，那就好。

那天梅娘一根接着一根地抽烟，而程大栋把窗户关得紧紧的，厚重的窗帘也拉上了。浓重的烟雾熏得苏响差一点晕过去。一直到梅娘离开，苏响也没有起身，她不愿意和这个女人多说话，而是十分认真地织着毛衣。她拿毛衣在程大栋的身上比画了一下说，你和加南差不多身高，我比照一下。

几天以后梅娘又来了，这一次她穿着一件干净的素色阴丹士林旗袍。她在沙发上坐下以后，把一包小金鼠香烟放在桌上，随即抽出一支，边用打火机点烟边说，我想和你谈谈。

苏响没有接话，她的目光长久地投在烟盒上。烟盒上站着一个穿格子旗袍的女人，披着金色斗篷，戴着白色手套，手指间夹着一支香烟。苏响突然觉得，如果梅娘再瘦一点，倒和烟盒上的女人很相像。那天梅娘照例是程大栋陪着一起来的，后来程大栋就像一个影子一样没有插过一句话。大部分的时间里，都是梅娘在说话。梅娘主要是在陈述她年轻的时候有多么风光。苏响一直认为，这个讨厌的女人是一个吹牛不要命的人，她怎么会是一个共产党地下交通小组的头目？

梅娘离开公寓房之前，苏响盯着梅娘臃肿的脸认真地说，让我为卢加南活下去。

梅娘看了她好久，手指头夹着的香烟在无声地燃烧，那越来越长的一截白灰很像是一粒虫子在缓慢爬行。一截烟灰掉落地面的时候梅娘说，你愿意随时死吗？

苏响摸着肚子说，我有孩子。

梅娘突然咬着牙怒喝，那你没有资格为卢加南活下去！你只能为你自己活下去！

苏响望着愤怒的梅娘有些愣了，后来她叹了口气说，我愿意的，但我更是一个孩子的妈。

梅娘紧绷的脸终于慢慢松弛下来，她把烟灰弹在一只碎器碗里说，你们结婚吧。

梅娘接着又说，你的代号，黑鸭子。

那天晚上苏响一直看着梅娘肥胖的身影一扭一扭地消失，她清楚地看到梅娘穿的阴丹士林旗袍有一个线头脱开了，像一根卷发一样垂在旗袍的开衩处。苏响对程大栋说，梅娘是不是受过什么刺激？

程大栋说，没有。

苏响说，那她和我说话的时候怎么像个仇人似的？

程大栋笑了，说她对仇人从来都不愿说话，她和你说了那么多话，是把你当成亲人了。

7

程大栋带着苏响去了威海路38号。苏响看到了店门口的一块牌子：华声无线电修配公司。这是程大栋开的店，后来苏响才知道，程大栋毕业于南洋无线电学校。

那天苏响在店里看到了一大堆待修的无线电，她仿佛陷进了无线电的海洋里。她的耳朵里不时灌进呼啸的声音，有时候像海浪扑岸，有时候像树枝在风中摇曳。那时候苏响觉得，自己的耳朵里灌进了那么多的声音，是不是自己的人生从此不安静了。这时候肚子里的孩子似乎狠狠地踢了苏响一脚，她这才想起她现在是程大栋的假妻子，孩子的真妈妈，卢加南的遗孀。

程大栋和苏响住在了一起。他们互不干扰又相互关心，有时候苏响觉得她和程大栋之间更像是兄妹。她把那张卢加南和她的合影照片剪下来，放进一只怀表的盒盖里，怀表的时针就一直在她的胸前走动。这让苏响觉得卢加南还活着，至少活在她心房里。特别是夜深人静的时候，怀表走动的声音让她觉得那是卢加南的心跳。这样的夜晚，偶尔会有日本人或者76号的巡逻车拉着警报飞驰而过，十分凄厉，像是鬼哭的声音。

苏响觉得日子好像一下子平静了下来。有时候她会想想瘦骨嶙峋的苏东篱，也会想想咫尺天涯的龚放。她觉得这样的日子十分滑稽，她怎么可以是一个陌生男人的老婆？睡不着觉的晚上，她会光着脚起身敲开程大栋的房间，叫醒程大栋，和程大栋一起坐在床沿上说话。

苏响说，我能不能叫你哥？

程大栋说，不行，你必须叫我老公。你要是习惯了叫哥，你改不了口。改不了口，那就十分危险。

苏响说，那加南的孩子生下来，他该叫你什么？

程大栋慢条斯理地说，叫我爸爸。

程大栋其实是很在意她的。他十分照顾她，吃的喝的全放在她的房间里，教给她须注意的事项。最主要的是程大栋教会了她收发电报。她的手指太灵巧了，听力又那么敏锐，所以程大栋有一天告诉她，你要捕捉到的是稍纵即逝的风。那时候上海的天空中，除了铅灰色的云以外，有许多商业电台的网络。那些奇怪的看不见的声音，就在云层里穿梭。苏响总是会想象这样的场景，信号就像是不停往前钻的一条箭鱼，而黑夜无疑就是墨绿色的深海。信号在深海里一纵而过，连波纹都不曾留下，那是一件多么美妙的事情。

苏响觉得地下工作实在是一件平常得有些乏味的事，平常得把日子都能过得十分疏松和慵懒。电码是程大栋译的，苏响只负责收发电报。而那个神秘的交通员，苏响一次也没有见过。在这样的慵懒中，她生下了卢加南的女儿。为了纪念故乡扬州，她给女儿取名卢扬。但是在这时候她只能叫孩子程扬。她反复地告诉程大栋，孩子其实叫卢扬。

因为跑前跑后照顾苏响，因为在医院里太过忙累，程大栋的下巴一下子瘦削了许多。这时候苏响才发现，程大栋在短短几天内就变得那么清瘦了。看上去程大栋十分爱这个孩子，他抱着小得像一只老鼠的孩子，紧紧地贴在胸前说，卢扬。

就在那一刻，苏响决定和程大栋真结婚。她没有爱上程大栋别的，就是觉得程大栋会对卢扬好。对一个死了丈夫的女人而言，在重新择偶的过程中，谁对自己的孩子好是一件十分重要的事。

苏响头上搭着一块毛巾，她显然并不虚弱，甚至还有些微的发胖。她望着抱着孩子的程大栋说，我要嫁给你。

程大栋愣了一下说，你本来就嫁给了我的。

苏响说，我要真的嫁给你。我会向组织上打报告。

程大栋突然变得有些手足无措，他说在老家绍兴有一个小酒厂，他家里并没有多少钱。父亲好不容易凑够了钱让他读大学，结果读了大学他就参加了革命。现在经费紧张，他把自己开无线电修配公司的钱全部贴补了进去。他希望苏响三思而后行，但是苏响看得出来，程大栋其实是喜欢她的，因为她看到了程大栋眼睛里，有星星点点的光在跳跃。

苏响说，我是经过三思的。

程大栋咧开嘴笑了，再一次露出那颗闪着暗淡光芒的金牙。

程大栋成了一个有孩子的父亲。他把和苏响的结婚申请书放在梅娘面前的时候，梅娘刚吃完一碗辣肉面。她剔着牙不屑地扫了一眼申请书说，你要三思而后行。

程大栋说，我三思了，苏响也三思了。

梅娘说，你们在找累。

程大栋搓着双手局促地说，做人本来就是累的。

梅娘点了一支小金鼠，她收起申请书，重重地抽了一口烟说，我要开一家书场。以后可以到书场来找我。你走吧。

程大栋那天看出梅娘有些不高兴。但是程大栋不去理会这些，他完全沉浸在甜蜜中。果然没几天组织回复，同意结婚。苏响不知道程大栋其实偷偷地烧了三炷香，打开窗户对着夜空说，加南兄，我不会亏待苏响的，也不会亏待卢扬的。

苏响永远都会记得那个茂盛的春天。她在春天里发报，用黑布罩着台灯，嘀嘀嗒嗒的声音里，那些风声在疯狂穿梭。它们呼啸着集束钻进苏响的耳膜，让苏响因此而生出许多激动来。情报源源不断地传了出去，对交通员一直都充满着好奇的苏响终于在一个春夜里问抱着孩子的程大栋，交通员是谁？

程大栋本来堆着笑的一张脸，随即收起了笑容，他说你不能知道。

你以后也不要再问了。程大栋补充了一句，这是纪律。

苏响望着严肃的程大栋说，那我可以说说其他的吗？

程大栋说，可以。

苏响说，我肚里有孩子了，你的。

程大栋在愣了片刻后才回过神来，他差一点就要哭出声来。苏响久久地看着程大栋的表情，她没有多少激动，但是她内心还是荡漾着甜蜜。她有一个十分简单的评判法则，爱孩子的男人不会坏到哪儿去。

苏响不知道交通员是一个在四川路上马迪汽车公司开车的少年。后来她才知道，这少年其实是梅娘的娘家侄子。他是个孤儿，十分害羞的一个人，喜欢戴一顶车行的制服帽。此刻他就孤单地坐在车里，车子就停在西爱咸斯路73号公寓楼楼下不远处的阴影里。少年抬头望着三楼窗口映出的程大栋抱着孩子的剪影，想起了父母突然消失的那个夜晚。那天以后的一个清晨，梅娘对他说，以后你不用叫我姨娘了，你叫我妈。

8

　　暖风密集地灌进苏响的身体，她的整个身体就完全地打开和酥化了。她抱着卢扬去梅娘开的梅庐书场听评书，脚步轻快地越过了一条条街道，然后，她看到台上有人弹着三弦在唱《三笑》。苏响喜欢这种苏州腔调，带着绵软的糯滋滋的声音。这让她想起了家乡，她想起家乡扬州有一个瘦弱的湖，还有成片的油菜花，以及浓烈的南方味道。

　　苏响在一间小包厢里见到了梅娘。梅娘一个人在抽烟，她躺在一把藤椅里，把光脚丫搁在一张长条凳上，稠密的烟雾已经布满了整个包厢。苏响皱了皱眉头，她看到梅娘懒洋洋的，十分像一只初夏阳光下眯着眼的猫。梅娘说，你觉得这儿接头方便吗？

　　苏响想了想说，我又不是交通员。

　　梅娘说，你不是，不能说明别人也不是。

苏响回过头看着书场里那一大群头颅，不能分清这批陌生人的身份。苏响笑了说，果然方便的。但是你要小心，有人在戏院里演唱抗日歌曲，被76号的人逮进去不少。

梅娘说，你怎么知道的？

苏响说，报纸上看来的。

梅娘想了想说，你听书吧，不要钱。

苏响说，我没想过要给钱。

苏响的身体里一直有一个欢快的声音在唱歌。她抱着卢扬走出包厢的时候顺手把门带上，把那层层的烟雾和微胖的梅娘关在了屋子里。这一天书场遇到例检，苏响看到一批穿黑衣的人冲了进来，手里都拿着枪，大声地叫嚷着，例检例检。听书的人大概是习惯了例检，他们坐在位置上不动声色，台上的演员也没有停下来。这时候苏响看到了一个反背双手，脸色苍白的男人出现在书场里。他的身边簇拥着几名黑衣人，他的目光在书场里迅速地掠过，很像捕鱼的翠鸟迅捷地在水面上掠过。接着他看到了苏响。当他一步一步穿过人群走向苏响的时候，苏响想，其实龚放的瘦弱与举手投足，都是有着苏东篱的影子的。他们的血是一条连在一起的河，可是龚放一直把父亲苏东篱当成敌人。

龚放穿着一件黑西装，脚上套了一双锃亮的皮鞋。他走到苏响面前的时候，所有人的目光都投过来。但是龚放旁若无人用手在卢扬的脸上摸了一把说，她叫什么名字？

苏响说，程扬。

龚放说，她住哪儿？

苏响说，西爱咸斯路73号。

龚放竟然解下了脖子上的一根红绳，绳子上吊着一块玉牌。龚放把这块玉牌替卢扬挂上，对苏响说，对她好一点。龚放接着又说，她也算是我的孩子。我记住名字了，程扬。

苏响突然说，那你给我找份工，我要去你那儿工作。

龚放说，你不适合。

龚放说完，大步地往回走去，走了三步又突然停住转过身来说，我只有你一个妹妹了。

龚放走后没多久，所有黑衣人像是突然蒸发掉一样不见了。不一会儿书场外就传来了汽车发动机的声音，只有台上的演员仍在专注地演出。梅娘像幽灵一样出现在苏响的身边轻声说,你有没有提要去他那儿工作?

苏响说,我提了。

梅娘说,他怎么说?

苏响说,他说我不适合。你……调查过我?

梅娘说,我不用调查你也知道。在你加入组织以前,你就去找过他。

苏响倒吸了一口凉气,她这时候才明白原来自己在梅娘这儿是透明的。梅娘说完留下一堆小金鼠的烟味,一扭一扭地穿过听曲的人群回到她的包厢里。苏响的情绪里突然充满了些微的伤感,她抱着卢扬望着梅娘的背影,觉得梅娘的背影很像一只清代的花瓶。

就在那天晚上程大栋突然告诉她,他被调往江西参加游击战争,组建各地游击小分队。那天程大栋花了很多的心思,做了一桌饭菜,并且拼命地往苏响的碗里夹菜,这让苏响隐隐预感到将要发生什么。苏响很想问程大栋有什么事,但程大栋一直说没事。在饭桌上,程大栋破天荒地喝了半瓶老酒。他故意装作很高兴似的不停说着他的任务,并保证他会尽快回来。苏响一言不发地小口小口往嘴里扒着饭，不远处的床上放着正撑着手脚咿呀学语的程扬。程大栋装作无所谓的样子说，其实也就半年一年的，很快就回来了。等我回来的时候，我的职务肯定上升了。

苏响的耳朵里灌进了很多风声，她默不作声不停地吃着饭，吃着吃着眼泪随即掉了下来。凭直觉她认为程大栋会回不来。她已经送走了一个卢加南，不能再失去一个程大栋。

能不走吗？苏响扒完了最后一口饭，将筷子十分小心地搁在空碗上说，你的职务上不上升我不在乎。

不能。这是命令，不是儿戏。

苏响突然恼了，那你就把我和程扬抛在这儿？

程大栋咬着牙说，为了胜利。

苏响终于慢慢地平静下来，最后只能虚弱地说，什么时候走？

程大栋走到床边，从床底下拖出了一只箱子说，一会儿就走。我白天都准备好了行李。

苏响的内心长长地叹了一口气，她突然觉得心的角角落落都开始疯狂地生长荒草，她甚至能听到那些荒草生长的声音。好久以后，她起身从柜子里翻出了那件本来是为卢加南织的暗红色毛衣，递到程大栋面前说，把它带上。

程大栋说，这……是加南的，我不夺人之爱。

苏响说，你把我都夺走了，还在乎夺一件毛衣？你必须带上，这也是命令。

程大栋想了想，拿过毛衣折好，塞进了箱子里。望着麻利装箱的程大栋，苏响调整了一下情绪，装出高兴的样子说，那你和程扬也告个别。

程大栋走到床边，轻轻地吻了一下撑手撑脚正发出咿呀声音的程扬的脸，又和苏响贴了贴脸，拎起皮箱决然地走进上海滩苍茫而辽远的夜色中。苏响这时候突然变得平静了，她拿起一只旧箱子上的牧师马吉送给她的手风琴，拉起了《三套车》，眼前苏联辽远的土地一闪而过，一辆马车钻出了丛林。苏响的手风琴已经拉得很好了。床上的程扬入神地听着苏响弹的乐曲，她把手整个用力地往嘴里塞着，看上去好像是想把手吃掉。

苏响拉完了一曲《三套车》，静默了很久以后才平静地对打开的窗户说，程大栋，我爱你。

窗口漾进来浓重的黑色，苏响的肚子已经很圆了，那里面藏着她和程大栋的孩子。不久苏响生下了这个孩子，是个男孩，取名程三思。

梅娘来看她的时候，破天荒没有抽烟。她连看都没有看孩子一眼，而是直接对苏响说，你真能生。

苏响无言以对。梅娘接着又说，你只能坚强。

梅娘让苏响去梅庐书场帮忙，干一些茶水活。但是苏响并不是一个十分适合这个活的人，有时候她宁愿坐在听众席里听台上的评书演员们，用棉花糖一样的声音演唱一个个才子佳人的故事。陶大春就是这个时候出现的，他带着一个看上去连话也不会说的伙伴，一起听了一下午的《三笑》。没有人知道这个伙伴有没有听书，他只是在不停地剥花生吃，仿佛永远也吃不饱似的。后来苏响知道他叫阿六，是吴淞口码头货场里的工人。

那天陶大春走到苏响的面前，似笑非笑地看着她，苏响看着这个留平头的男人，眼角有笑纹但是却年轻、充满活力。苏响能把一个人看穿，她看到了陶大春涌动在胸腔里的海浪般的力量。苏响也微笑着，那些少年光景就重新跃出来，像一场电影一样在她面前上演。陶大春和苏响走得最近的那一次，是陶大春用脚踏车带着这位苏家大院里的小姐去郊外。那时候油菜花正恶狠狠地油亮着，蜜蜂们像轰炸机一样疯狂鸣叫，仿佛要把整个春天炸掉。春风当然是宜人的，那些风长了脚一般在苏响裸露的胳膊上跑过。

陶大春消失得十分彻底，因为有一天苏响家里多了一个叫卢加南的人。卢加南也是扬州江都人，他家是邵伯镇上开酱园的。他十分安静地坐在苏响家的屋檐下，脸上保持着微笑。他笑起来的时候眼睛就眯成一条线，就是这条线让苏响感到踏实。苏东篱在那天晚上穿着皱巴巴的长衫走进苏响的闺房时，苏响说，爹你做主吧。苏东篱就笑了，这个为大少爷苏放突然离家出走而纠结了好多年的江都县的望族，干瘦的脸上难得有了一丝笑容。苏东篱说，幸好你没让我多操心。

现在这个陶大春出现在苏响的面前，唤起了苏响的少年记忆。她被自己那段纯真岁月小小感动了一把。陶大春告诉她，自己在吴淞口一个货场做记账员，来到上海已经一年。

那天黄昏，陶大春带着那个不停吃花生的阿六离开了梅庐书场。苏响送两个人到书场的门口，她抬头的时候刚好看到空中两个小小的黑影划过，那是两只鸟向着两个方向飞去。陶大春说，我还会来找你的，然后他就像一滴墨汁洇进黑夜一样，消失得无影无踪。当苏响回头的时候，看到梅娘叼着小金鼠香烟站在她的身后。

这个人你一定要小心，他不像是货场里的人。梅娘说。

苏响不太喜欢梅娘过问她私人的事。她说，不要你管。

梅娘猛地吸了一口烟说，必须管，这是命令。

苏响笑了，你要是这样说，那我不执行命令。请你枪毙我！

梅娘一下子语塞，她愣愣地望着苏响的背影向书场内走去。苏响的背影越来越圆润了，像一把琵琶。梅娘认为这一定和她生下了两个孩子有关。梅娘又狠狠地吸了一口烟，那火星就在烟身上疾速地向她的嘴唇靠拢。当她喷出一口浓烟时，烟雾把苏响的背影彻底虚化了。

有那么一段时期，梅娘并没有什么情报上的事让苏响去做，程大栋临走的时候也没有交代她接下来怎做。情报工作就像突然断了一般。交通员和译电员都不见了，只留下了收发报员苏响，三只脚缺了两只，苏响就知道这个三人电台小组等于是瘫痪了。无所事事的日子里，苏响带孩子在王开照相馆拍了母子三人的合照，她的身边站着卢扬，手中抱着程三思。她把洗出的照片给了梅娘，让她想办法带到远在江西的程大栋手中。

梅娘拿着照片端详了好久，然后拿一口烟喷在照片上，随便地把照片往一本书中一夹。梅娘的随便让苏响很不舒服，但是苏响又不好说梅娘什么。苏响看到那本书的封面上印着四个字：啼笑因缘。

直到有一天，那名交通员突然出现在她的面前。那天她回到西爱咸斯路73号三楼那间朝北的寓所里，打开门的时候看到一个十七八岁的少年坐在屋子中央，他笑了，笑得十分羞涩，脸上的雀斑也因此而生动起来。他说我叫黄杨木，五号线的交通员，我是按照组织指示直接和你来接头的。

苏响突然想起老家有一句谚语叫千年勿大黄杨木，黄杨木是一种怎么长也长不大的树。这样想着，苏响觉得这三个字有些苍凉。

9

在六大埭一个房屋密集的居民区，苏响绕过了很多弯，然后她出现在一条弄堂里。当她敲梅娘家的门时，梅娘睡眼惺忪地趿着拖鞋来开门，她的卷心菜一样的烫发现在看上去多么像一个蓬乱的鸡窝。她的皮肤显然十分松弛了，眼袋就那么了无生机地垂挂着，浑身散发出成年人睡醒后才会有的一股浊气。苏响不由得皱起了眉头，她收起那把杭州产的阳伞，局促地站在门口。

进来吧。梅娘说，口气中有残留的烟草味。梅娘先进了屋，坐下后的第一件事是点了一支烟。

苏响环顾着四周，除了一张桌子和四条凳子，已经空空如也。苏响坐了下来，她觉得梅娘大概是有什么重要的话要和她讲，才把她约到家里来。桌子上放着文房四宝，这四宝本来应该出现在书桌上，但是现在却奄奄一息地出现在饭桌上。这个清晨，苏响听到梅娘清晰地说了两句话。第一句话，我们家原来是大户人家，我是书香门第出身。第二句话，我把整个家里所有值钱的东西都当掉了，我要你去救一个人。

这个漫长的下午，梅娘泡了一壶茶，两个人在空荡荡的房子里喝茶。苏响终于搞清楚梅娘凑了一笔钱，甚至当掉了最值钱的祖传的一只玉石鼻烟壶，是为了让她用这些钱去打点救人。

苏响说，你怎么知道我能救人？

梅娘说，我知道，你听我先说完。你要找的人是陈淮安，名动上海的大律师。我们查到他是扬州江都人，而且他父亲和你父亲在年轻的时候很熟。我们给你准备一份厚礼，去见陈淮安的父亲，当然主要是为了见陈淮安。需要救的人叫唐海洋，是地下交通线新来的一号线负责人，刚到上海就被公共租界警务处的人逮捕了。

苏响终于弄清楚了，因为租界工部局警务处没有唐海洋的什么犯案证据，准备放人，但是76号汪伪特工总部行动队队长龚放也正在极力运作，希望工部局警务处把唐海洋引渡给他们。而最为重要的是，尽快和陈淮安搭上线，这个大律师有能力把唐海洋从租界警务处捞出来。

梅娘后来点起了烟，她把脚搁在桌子上，苏响能看到梅娘脚上的皮肉还是雪白的。她想或许年轻的时候，梅娘是风姿绰约的。这个开了一家书场独自一人过日脚，声称书香门第，老家曾经有过丰厚家产的女人，让苏响觉得充满了神秘感，就像她此刻隔着烟雾看到的半透明的梅娘。

苏响隔着浓重的烟雾和梅娘说话，苏响说，组织上是不是没有经费了？

梅娘说，组织上一直缺经费。

苏响站起了身，那你出的钱我会还你的，我家里不缺钱，但我没有理由问我父亲去要……等到……胜利那一天吧。

梅娘笑了，日本人不走，就算你家道再殷实，那也不是你的钱。我老家诸暨多少富有？可惜现在败落了，什么也没有了。你坐下吧，陪我聊聊天。知道诸暨吗？

苏响说，不坐了。我不知道诸暨。

梅娘说，那是勾践的老家。

苏响说，我明白了，勾践有一段时间也很穷。

梅娘说，你脑子转得真快，所以你一定能把唐海洋救出来。

苏响说，我试试吧。我走了。

苏响向门口走去，她看到门口那一大片的太阳光，她觉得她太需要阳光的拍打与照射了。梅娘的声音跟了上来，梅娘说，如果你一定要还的话，我只要你还两个字。

苏响站住了，静等着梅娘的下文。

梅娘吐出一口烟说，胜利！

苏响撑起那把杭州产的阳伞，走进了那一地的阳光中。

10

　　苏响果然认陈淮安家的老爷子当了干爹，也顺利地让陈淮安把唐海洋救了出来。那天苏响对着旧箱子上的手风琴久久不语，她有一种预感，自从她认识了陈淮安，她的生活就开始变化了。她一直都记得第一次见陈淮安时的情景。那天她跟着陈老爷子走进霞飞路陈淮安宽敞的富丽堂皇的办公室，陈淮安一直都在埋头办公。老爷子说，是我来了。陈淮安抬起头朝苏响笑了一下，说我知道。

　　苏响就觉得，这句话仿佛是对她说的。

　　那天她穿了件月白色旗袍，头发让"海上花"的一个理发师替她鼓捣了半天。陈淮安看到苏响将用黄纸包着的十根小黄鱼塞进他抽屉的一幕，但是他没有点破，当然也等于没有拒绝。陈淮安的眼睛直直地盯着苏响半天说，你不认识唐海洋？

苏响无法抵赖，她一下子觉得陈淮安不是一个好缠的主，他目光如锥，脑子敏慧。

陈淮安接着说，三天以后，你来我办公室，我会给你一个结果。

陈老爷子忙追上去一句，你一定要帮她的忙，她父亲苏东篱和我像兄弟一般。

陈淮安皱了皱眉说，我知道。

那时候苏响一直在判断着陈淮安的年龄，39？41？43？听说他单身，那么这个年龄的单身男人，是不是应该有过婚史？

三天以后，苏响换了一件苏绣旗袍，施了十分薄的妆，薄得就像是散淡的暮春的一缕风。苏响站在陈淮安的面前微笑着，说，我是来听结果的。

陈淮安说，你这样保持一种姿势站着累不累？

苏响说，不累，家父一直教我这样站着。告诉我结果！

陈淮安停顿了好久以后才说，他出来了。

那天晚上，陈淮安带着苏响去虞洽卿路上的米高梅舞厅跳舞。苏响学过跳舞，但是却跳得十分生疏，陈淮安拒绝了金大班给他介绍的舞女，而是拉着苏响一次次地旋转在舞池里。苏响不喜欢跳舞，她觉得陈淮安的手总是汗津津的，这让她不太舒服。从那一晚陈淮安对米高梅舞厅的熟悉程度，她十分明确地知道了，陈淮安一定是这儿的常客。

这个突如其来的舞步纷乱的夜晚，苏响的目光不时扫过一名叫陈曼丽丽的舞女。陈曼丽丽穿着合身的旗袍，其实她是一个长得很标致的女人。她看上去很年轻，有着少许的风尘味。她是被金大班安排给一名银行的高级职员的，她陪着这名高级职员不停地嗑瓜子和聊天，原因是这名高级职员的脚是有一些坏的，他并不适合跳舞。但是脚坏了并不影响他好色，他流着口水一次次地把手伸向陈曼丽丽，但总是被陈曼丽丽有意无意地挡开。陈曼丽丽的目光主要停留在陈淮安和苏响身上，等到银行职员离去以后，陈曼丽丽抽着烟一摇一摆地走向陈淮安和苏响的席位。

陈曼丽丽对苏响笑了一下，苏响觉得陈曼丽丽的笑容中有带血的钩子。在这样的笑容中，苏响的心脏忽然就痛了一下。一直到后来陈淮安告诉她他欠了陈曼丽丽时，她回想起陈曼丽丽的笑，那时候她的心里就浮起阵阵凉意，有的人可以用目光杀人。

陈曼丽丽手里夹着烟晃荡着身子说，陈大律师，我想和你谈谈。

陈淮安说，能不能改天？

陈曼丽丽说，择日不如撞日。

陈淮安想了想说，好吧。那就撞日，我反正无所谓。

那天晚上苏响是一个人回家的，陈淮安不能把她送回去。苏响牵挂着家里的卢扬和程三思，她转过身把背影留给了米高梅舞厅的那些红男绿女，一步一步从容地向舞场门口走去。当她站在米高梅舞厅门口的时候，才发现这是一个细雨中的夜上海，所有的灯光因为雨而显得朦胧。一辆黄包车像是在水中滑行的泥鳅一样出现在她的面前，她上了黄包车说，去西爱咸斯路73号。

车夫身上的工衣已经被微雨打湿了，他的头上戴着一顶毡帽，宽阔如门板的身板在跑动的时候不停地摇摆着。当黄包车在公寓楼下停稳的时候，苏响淡淡地说，你怎么当车夫了？

陶大春摘下了头上的毡帽，回过头来笑笑说，还是被你认出来了。

苏响说，我问你怎么当车夫了？

陶大春说，我不在货场做了。

苏响不愿再问，她把一小卷潮湿的钱塞进陶大春的手里，然后走进公寓楼的门洞。陶大春拿着钱，一直愣愣地看着一个旗袍女人走进一片黑暗中。看上去苏响就像是被一堵墙吸进去似的，这让陶大春想起了《聊斋》。

在三楼朝北房间惨淡的灯光下，苏响用干毛巾擦着头发。卢扬和程三思显然已经睡着了，来照看他们的梅娘坐在床沿抠脚丫吸烟，屋子里已经布满了烟雾，地上有一只小金鼠的烟壳。苏响一边擦着头发一边不耐烦地说，少抽几支你会死啊？

梅娘暗哑地笑了，不用你管。

苏响懒得再说她，她看不惯梅娘的做派。梅娘十分清楚苏响的心里在想什么，她竟然没有回六大埭的住处，而是找了一床薄被抛在沙发上，然后无赖般地躺了下来。

梅娘说，今天晚上我住这儿了，我想和你谈谈工作。

梅娘没有谈工作。梅娘在谈她自己的事，她对自己的事有十分浓厚的倾诉欲。她说她当大小姐的辰光，在老家诸暨的笔峰书屋里读书，家里有多得不得了的山地和竹林。她对自己家族的败落耿耿于怀，她姓斯，她的祖上曾经救过一个强盗，而强盗的报恩让他们家发达了，如此种种。

我们家一定是书香门第。梅娘断然地说。

苏响对这些都不感兴趣，她躺在床上，一手揽着卢扬一手揽着程三思，心里想着遥远的江西，在丛林里奔突与冲锋的程大栋。苏响想，大栋现在一定是一个强壮的、黝黑的、胡子拉碴的人了。在这样的念想中苏响沉沉地睡了过去，睡过去以前她听到梅娘的最后一句话，我和你一样，身边没有男人哪。

这时候苏响就在心底里轻笑了一下，我那不是没有男人。为了胜利，我男人在丛林里。

11

陈淮安是在上海进入初秋的时候向苏响求婚的。秋天的风经过了沙逊大厦的楼顶露台，陈淮安的头发被风吹起，他把目光从遥远的上海天空中铅灰色的云层中收回来，突然对苏响说，你嫁给我！

苏响没有说好，也没有说不好。陈淮安接着说，我是认真的。

苏响仍然没有说话。陈淮安说，你必须表个态。

一直到黄昏来临，苏响还是没有表态，她只是微笑着任由秋风把她的头发吹来吹去。那天晚上陈淮安请苏响在沙逊大厦八层的中式餐厅吃饭。陈淮安的兴致很高，他喝了至少有一斤绍兴酒。一直到晚餐结束，苏响仍然没有给他答复。她只是这样说，你对很多人说过同样的话吧？

这让陈淮安十分扫兴，他盯着苏响看了大约有三分钟，长长地叹了口气说，你是一个奇怪的人。

苏响顺着陈淮安的话说，我真的是一个奇怪的人。

第二天苏响就在梅庐书场的一个小包厢里把这件事告诉了梅娘，苏响说，算我向组织上汇报吧。

梅娘点了一支烟，站起来来回踱步说，你当然应该汇报。

苏响说，那我该怎么办？

梅娘笑了，从现在开始你是单身，没有人知道你是嫁过人的老黄瓜。

苏响皱起了眉头，你说话真难听。

梅娘说，真话一向难听。你必须接近陈淮安。

苏响说，这是组织上的意思，还是你的意思？

梅娘说，组织上我会汇报。

一会儿，梅娘又加了一句，但这更是我个人的意思。

苏响说，那你就给我闭嘴。我有卢加南，我是有男人的，我不像你！

梅娘一下子就愣了，她的脸上迅速地掠过痛苦的神色。像是胃病发作似的，她紧紧地捂住了胃部。看上去她明显地软了下来。她说那这件事你再考虑一下。另外组织上要启动三人新电台，重组五号交通站，你是报务员，我是组长，译电由我负责。

梅娘十分仓促地说完这些话后，就把自己的身体卷成一团，紧按胃部坐进一把椅子里。

那天苏响破天荒问梅娘要了一支烟，梅娘用打火机为苏响点着了烟。在剧烈的咳嗽中，苏响把一支烟抽完，然后她重重地在桌子上揿灭了烟蒂说，孩子怎么办？

梅娘蜡黄着一张脸说，孩子我来带，你可以宽心。要知道我是书香门第出身，知道怎么教孩子。

苏响觉得自己一下子变得无话可说了，那是在和无趣的人，把该说的话都说完了以后才会有的反应。她顺手拿过一张《大美晚报》，目光在那些黑黝黝的文字上凌乱移动时，发现一张形迹模糊的被抓拍的照片。照片上一个熟悉的背影，显得十分的远而小。他正在打开车门钻进汽车。而不远处是乱哄哄的人群，一个穿西服的男人仰天倒在地上。他的头部有血渗出，在报纸上像一块被不小心沾上去的墨汁。

苏响知道，这是国民党军统戴老板派出的人在上海滩上锄奸，在此前的几年里，已经有许多汉奸倒在了血泊中。苏响还知道，这就是所谓的因果，当汉奸是总有一天要还的。

苏响小心翼翼地把那张报纸收了起来。那天她离开梅庐书场的时候没有和梅娘告别，而是匆忙地离开了那间包厢。后来她终于明白，她连一句话也懒得和梅娘多说。

一个月后的清晨，陶大春在西爱咸斯路73号公寓楼楼下不远处的小弄堂里截住苏响。那天的天气已经有些凉了，苏响穿着厚重的秋衣去菜场里买菜。陶大春对苏响笑了，苏响也笑了。苏响看到陶大春嘴里呵出了白色的气雾，苏响说，你什么时候开始当杀手的？

陶大春的脸色变了，说你开什么玩笑。

苏响把一张折得方方正正的报纸掏出来，平举到陶大春的面前说，这个背影就是化成灰我也能认出来。陶大春沉默不语，最后把那张报纸小心地装进了自己的口袋。他拍了拍自己的口袋说，我随时准备死。

苏响说，为什么准备死？

陶大春咬着牙说，为了胜利。

苏响听到了"胜利"两个字，这让她想起当初梅娘和她说过的话。梅娘让她还给她两个字：胜利！

陶大春说，既然你都知道了，那我就告诉你。你还记得那个厚嘴唇的阿六吗？你在梅庐书场碰到过的那个小伙子。他才十九岁，可他已经死了。他妈生了六个儿子，现在一个也不剩了。

陶大春在这个秋天的清晨显得十分激动。他只是想来看看苏响，他一点也没有想到苏响已经知道了他是军统的人。他索性就顺水推舟想要苏响加入军统，并且告诉苏响，他一定会做通军统上海站站长的工作，给苏响一个比较好的岗位。陶大春突然想到了陈淮安，他认为站长一定会希望和大律师陈淮安搭上线，那样可以在租界工部局警务处营救更多的军统人员。陶大春越想越觉得动员苏响加入到自己的阵营是对的，他开始喋喋不休地劝说苏响，但是苏响却十分平静地说，我只想过小日脚。

陶大春说，那你还有没有一个中国人的良知？

苏响说，请不要再说这些。你走！

陶大春走了。他走路的样子有些异样，一条腿软绵绵地拖着，显然是一条坏掉了的腿。苏响有些心疼，这个她曾经心仪过的男人大概是受了枪伤。苏响说，怎么回事？

陶大春扭转头来说，没什么。你知道的，那天我们截杀汉奸冯铭博，我中枪了。就是报上登的那一次。

陶大春认为他解释得十分清楚了，所以他又转过头去，拖着一条病腿麻利地向前走去。苏响一直望着他落寞的背影，她记起少年辰光陶大春的脸永远是黄的，眼睛下有两个浮肿如蚕茧的眼袋，脸上全是蛔虫斑。那时候陶大春多么单薄与瘦小啊，在秋天的风里简直像一张纸片。而现在他留给苏响的背影，几乎是一面移动的墙，魁伟，结实。

12

那次公共租界工部局在沙逊大厦顶楼高大的金字塔房举行的年度答谢招待酒会上，陈淮安喝多了。苏响就坐在大玻璃窗边，她喜欢吃螃蟹，所以她就用心地剥着有层层蟹黄的螃蟹。她十分喜欢坐在窗边看窗外的夜景。那天的斜雨均匀地打在窗上，望着雨水在玻璃上滑落的痕迹，苏响开始想念一个在江西打游击战的人。苏响的耳畔于是就响起了枪炮声和地雷爆炸时沉闷的声音。她想象着炸弹的冲击波把泥石掀起来的场景，也想着一些同志穿越密林时的身影，同时她又望着密密的雨阵想，看样子程大栋只是在她生命中突然下的一场阵雨。

陈淮安摇晃着身体，举着杯子跟很多人打招呼和喝酒。他的精神状态很好，作为大律师有很多人卖力而热情地和他打着招呼。那天其实苏响是听到了陈曼丽丽和陈淮安的争吵的，他们躲在一个暗处激烈地吵着，仿佛一定要把一件事吵出一个结果来。隔着那些晃动的人头，苏响看到陈曼丽丽的脸上全是泪水。

陈曼丽丽口齿清晰地说，你爸王八蛋。

苏响听到这些的时候，她皱着眉眯起了眼睛。但是最后她没有对任何人说什么，她端着酒杯，就像是皮影戏里一个缥缈的人物，飘荡在那个歌舞升平的雨夜。

她只对自己说了一句话，一切为了胜利。

那个有着微雨的夜晚，苏响陪着陈淮安走出金字塔房，去了沙逊大厦顶楼的露台。陈淮安喝醉了，他站在潮湿的空气里，对着苏响大声地说，你能不能嫁给我？苏响一言不发，她想起了梅娘说的，组织上希望她能和陈淮安结婚。

陈淮安的一条腿跪了下来，跪在烂湿的沙逊大厦露台上。雨显然已经停了，他的脸上有了明显的泪痕。陈淮安十分认真地说，苏响，我要你嫁给我。

苏响走到了露台边，望着上海的夜色，她对着夜空说，你连鲜花也没准备，你把我当什么？

陈淮安随即站起，他的脸上露出兴奋的神色。陈淮安说，我送你一车的花。

苏响说，是我自己要出来的东西，我不会要。

苏响转过头，看到了陈淮安插在衣袋上的派克金笔。苏响把那支笔拔了下来，拧开笔帽，在手底心上写了一个字：风。

陈淮安说，什么意思？

苏响说，没什么意思。你把这支笔给我吧，代替花。

陈淮安说，那我给你买支新的。

苏响说，不要，就要这支。

那天晚上，陈淮安开车把苏响送回西爱咸斯路73号。陈淮安的车子开走后，苏响叫了一辆黄包车去了梅娘的家。她在梅娘家门口站了很久，黑色的夜从四面八方向她奔涌而来。在这样的黑夜里，她有想哭的冲动。她十分想念程大栋，所以她最后还是哭了起来。她哭得酣畅淋漓，最后哭得蹲下身去。她说程大栋你为什么还不回来还不回来还不回来？这时候屋里的电灯亮了，梅娘披着衣坐起身来，顺手就点起了一支烟。

怎么了？梅娘的声音从屋里传了出来。

苏响止住哭，她对着玻璃窗上梅娘的剪影认真地说，我要嫁给陈淮安了。

13

米高梅舞厅的音乐声里，金大班把陈曼丽丽领到陶大春面前。陶大春穿着合身的西装，他今天的身份是贩酒的商人。平常陶大春偶尔会喝一些酒，所以他对酒比较了解，即兴地就把今天的身份定为酒贩。金大班戴着白色滚丝边的手套，叼着一支细长的香烟，拿一双微微有些吊起来的丹凤眼说，陶老板侬要好好之谢谢我。

陶大春似笑非笑，他的目光就一直落在陈曼丽丽的身上。陶大春说，我们又见面了。

陈曼丽丽在陶大春的大腿上坐了下来说，没一个男人不这么说。

陶大春说，你要是不是舞小姐，就像一名小学老师，你甚至像一名女校校长。

陈曼丽丽扭了陶大春一把说，陶老板你抬举我了。谢谢你那么多次关照我。

陶大春说，我真想娶你。

陈曼丽丽说，你不会！你只会逢场作戏。这话陈淮安以前也说过很多次，我和你说起过。

陶大春笑了，我还知道你恨死他那个王八蛋的爹了。

陶大春那天和陈曼丽丽跳了很久的舞，也喝了很久的酒，那晚是陶大春比较放松的夜晚。军统在上海的工作虽处处受挫，却也取得了阶段性胜利。陶大春被自己的身份和工作迷惑了，他乐此不疲地把命拴在裤腰带上，在血雨腥风的上海街头滚打。这一次他来舞厅的真实意图，是和一个人接头。

陈曼丽丽挽着陶大春的手和陈淮安、苏响碰到的时候，是他们一连跳了七支舞以后。他们跳完一曲走向座位，陈淮安和苏响显然才刚刚赶到舞厅，差一点还撞了个满怀。苏响看到陶大春一身西装，知道陶大春大概又是在执行什么任务。陈曼丽丽把头昂了起来，这一次她像是对陈淮安示威般，紧紧地挽住了陶大春的手。陶大春拍拍陈曼丽丽的手对陈淮安说，谢谢你以前对陈曼丽丽的关照。

　　四人相对，有些尴尬。陈淮安无法接陶大春的话，他不知道该怎么接。只有陶大春是从容的，他微笑着，根本就不像一个吴淞口码头货场的记账员，也不像是黄包车夫，他就像一个流连舞厅的欢场里的公子。

　　陶大春说，要不是你现在找的女人是我喜欢的女人，我一定出钱让斧头帮的冯二把你给卸了。

　　陈淮安也笑了说，你就不怕法律的制裁吗？

　　在国家都没有的时候，法律是个屁。

　　你究竟想说什么？

　　陶大春笑了，拍拍陈淮安的肩说，我只想说一句，你对苏响必须得好一些。

　　陶大春话还没有说完，一个穿黑西装的男人向陶大春走来，他一边走一边脱着礼帽。陶大春看到他的动作，知道他要找的接头人来了。而此时从楼梯上奔下来五六名汉子，他们撞到了一张桌子，迅速地向陶大春和礼帽靠拢。陶大春和礼帽撒腿就跑，尖叫声中，舞场内随即乱了起来。一名汉子手中挥起的刀迅速劈向了礼帽，一条胳膊随即被卸了下来。那条带血的胳膊死气沉沉地就躺在苏响、陈曼丽丽和陈淮安的脚边，跳舞的男人女人和陈淮安一样，都吓得往后直退。在舞客们剧烈的如同潮水退潮一般的喧哗声中，苏响和陈曼丽丽却反应平静。

苏响说，你挽错男人的胳膊了。

陈曼丽丽话中有话地说，我从来都没有挽对过男人的胳膊。

此刻从舞厅里追出来的五六名汉子站在舞厅门口，望着路上的行人、灯光与车辆，显得有些不知所措。他们手中都握了一把刀，愣愣地四下张望着。那时候一辆电车正响着叮叮的声音，缓慢如蛇行般向这边寂寞地驶来，而陶大春和礼帽显然已经不见了踪影。

苏响不知道，此刻在二楼的包厢里坐着她同父异母的哥哥龚放。他穿着黑色的风衣，正在十分专注地品一壶普洱茶。他的怀里就抱着那个可爱的布娃娃，他甚至举起布娃娃亲了一下。刚才他站在二楼护栏边让五六名特工奔下楼的时候，已经看到了妹妹苏响挽着陈淮安的手站在舞厅里。他果断地挥了一下手后，就又走进了包厢喝茶。

一会儿，一名汉子匆匆进来，垂手站在龚放的面前说，队长，人跑了，砍下一只手来。

龚放喝了一口普洱茶，抬起头来用陌生的目光望着这名汉子，手有什么用？又不是火腿！

龚放说完又埋下头去喝茶，他吸了吸鼻子，仿佛是要吸净普洱的香味。当汉子们陆续回到包厢的时候，龚放平静地说，一群废物。

龚放又闻了闻茶水，喝了一口说，好茶。

14

苏响拿着喜帖坐在龚放办公室的沙发上。看上去龚放白净的脸上没有血色，在昏暗的屋子里，龚放一步步踱过来，拿起喜帖认真地看了一眼说，你长大了。

苏响说，人总是要长大的。

龚放说，可惜我长不大。

龚放一边说一边指了指窗口。帘布被风掀起，苏响隐约可以看到插在窗台上的几只纸风车，在风里呼啦啦地转着。苏响笑了，她认为哥哥太率性了，率性得根本不像一个行动队队长。苏响仿佛听到了从遥远的地方奔来的风的脚步声，她身上的血就不由自主地欢叫了一下。

龚放把一只小布袋放在苏响的面前说，我刚立了功，端了军统在上海的一个分站，日本梅机关奖了三十条小黄鱼。我们一人一半，算是我给你的贺礼。

苏响说，你干吗出那么重的礼？

龚放说，我主要是想让你结婚后尽早出去，中国太乱了。

苏响说，过几年以后中国会不乱的。

龚放说，你太自信了。

苏响说，那你自己为什么不出去？

龚放说，我能出得去吗？我的命不是我的！军统一直在盯着我，戴笠下令让军统锄杀汉奸，傅筱庵是怎么死的你总知道吧？跟了他三十年的厨师杀了他，拿了赏金走了。

龚放的声音变得激动起来，他的脸涨得通红，挥舞双手开始大声说话，并且唾沫四溅，76 号捕杀军统和中共地下党员，军统锄奸也想要捕杀我。对我来说，在上海滩过一天算一天，不是鱼死就是网破，两者必居其一。

苏响平静地看着龚放激动地说话。龚放终于渐渐平息下来，但是他仍然在不停地喘息。

苏响站起身来说，九月初八那天你一定要来，这事我没有告诉爸爸，是希望你不会在婚礼上碰到他。

苏响说完向门外走去，走到门边的时候她停下了脚步，又加了一句话：我只有一个哥哥。

九月初八龚放一直躲在办公室里，唯一的一盏灯挂在一张精巧的茶几上方，茶几上放着几个冷菜和两瓶绍兴老酒。灯光就藏在灯罩下，可以照到龚放的身体却照不到他的脸。龚放的身边站着行动队队员阿灿和阿乙，龚放拧开酒瓶盖的时候说，不能惊动酒席上的人，去吧。

阿灿和阿乙走了，他们像影子一样飘出龚放的办公室。沉重的防弹钢门合上了，屋子里十分安静，安静得龚放能听到灯泡发亮时电流运行的声音，安静得甚至能听到他自己的呼吸声。龚放把酒倒在一只陶瓷酒杯中，然后他举起杯说，苏响，新婚快乐。

龚放一杯接一杯地喝着一个人的喜酒，他把自己喝得有些多了。他的脑子里像电影院里播放的默片一样，播放着一格一格的镜头。远而近的苏家大院里，院子里的树上有鸟鸣的声音跌落下来，瘦而威严的父亲苏东篱穿着皱巴巴的长衫，他一共娶了三房妻子。苏东篱一直对大太太不好，这让苏放对苏东篱无比憎恨，直到有一天晚上苏放和苏东篱大吵一场。而苏放离开家乡扬州江都邵伯镇的季节是乍暖还寒的春天。他穿着单薄的衣衫，没有和任何人告别，在一个清晨突然消失。他把名字改为龚放，把所有的一切关系就此斩断。

而苏东篱得到的信息是，有同乡人告诉他，你儿子在上海极司菲尔路76号当官。

苏东篱听到这个消息的时候正在喝茶，他把茶叶也慢慢嚼碎了，然后不冷不热地说了一句，我儿子早就死了。

现在这个在父亲心中已经死去的儿子是一个手握生杀大权的男人，他只对76号头子李士群负责，他也只为李士群杀人。但他从来没有亲自杀过人，他是一个书法特别好的人，所以，他只会在手下送他阅处的文件上，用他喜欢的草书写下一个龙飞凤舞的字：毙！

他喜欢草书是因为，人生太潦草了。

阿灿和阿乙一直在荣顺馆对面老校场路的海记小酒馆里喝酒，他们已经喝了差不多有一锡壶的酒了。又当厨师又当小二的老海将一盘腌过的猪头肉放在两人面前时，看到了阿灿腰间鼓出来的一大块，那分明是一把枪。老海抬起老花眼，他看到了对面灯火通明的荣顺馆，大律师陈淮安在这个专做上海菜的著名菜馆里办喜宴。而在大饭店和小酒馆之间的这条老校场路街面上，不知从什么时候开始飘起了细雨。这些细雨发出蚕咬桑叶般的沙沙声，均匀地和路灯光混合在一起，柔和地铺在了街面上。

老海叹了一口气，颤巍巍地进入了厨房。阿灿和阿乙又各倒了一杯酒，他们的口袋里藏着一张照片。照片上的那个男人的五官，已经深深地刻进他们的脑海里。这个男人他们必须在今晚除去，因为这个男人太想除去阿灿和阿乙的上司龚放。

荣顺馆里，苏响站在一堆嘈杂的声音里，她穿着老苏州旗袍行里定做的旗袍，在大堆人里显得有些不知所措的味道。陈淮安很得体地招呼着客人，看上去喝了一点儿酒的他精力很旺盛，有时候还会发出巨大的难抑喜悦的笑声。苏响的面前弥漫着雾气，这些雾气和菜香、人声纠结缠绕，像一道屏障一般把她和这一场喜宴隔开。她十分清楚地知道，此刻程大栋在江西一座不知名的山上，说不定正在擦枪；卢扬和程三思在梅娘家里；龚放没有来，那就一定待在极司菲尔路76号；自己的父亲苏东篱一定坐在太师椅上，坐成一幅肖像画的样子……然后她隔着热闹的人群看到了陶大春和陈曼丽丽，他们坐在喝喜酒的人群中，看上去他们已经像一对情侣了。但是她能清楚地看到陈曼丽丽的目光越过众人，一直都像一只飞累的小鸟一样，长久地栖息在看上去意气风发的陈淮安身上。

苏响知道，陈曼丽丽这一生，大概只会爱陈淮安一个男人。

那天陶大春喝醉了，他在陈曼丽丽的搀扶下一次次去卫生间里呕吐。他也不知道为什么一不小心就把自己喝醉了，后来他就一直趴在饭桌上睡觉。散席的时候，陈曼丽丽扶着他摇摇晃晃地向饭店门口走去，陶大春把整个身体都伏在了陈曼丽丽的身上。陈曼丽丽站立不稳，陶大春就像烂泥一样瘫软在地上。这时候苏响一步步向这边走来，站在了陈曼丽丽的面前。

陈曼丽丽看了一眼地上软成一团的陶大春，她不再理会他，而是望向远处的陈淮安。陈曼丽丽像是对着空气在说话，她说我能为他死，你能吗？

苏响犹豫了半天，她能说假话的，但是此刻她不想说假话。

陈曼丽丽就笑了，说，你不能。

陈曼丽丽转过身的时候，苏响发现她的眼圈红了。她努力地把陶大春拖了起来，再把陶大春的右手架在自己的脖子上，两人深一脚浅一脚地向饭店门口走去，像一对患难与共的夫妻。走到门口的时候，陶大春竟然转过身来，大着舌头努力地发出一组含混不清的音节：白头偕老，早生贵子。然后，他打了一个悠长的酒嗝。

苏响久久地站在原地，看着陈曼丽丽扶着陶大春出了店门。站在荣顺馆门口的一堆光影里，秋天的风一阵阵地吹来，让陶大春差点就吐了。陈曼丽丽叫了一辆黄包车，她努力地把醉成烂泥的陶大春扔上车，然后车子就消失在上海白亮的黑夜里。

街头空无一人，显得寂寥而漫长，仿佛通向神秘的世界的尽头。一些路灯孤零零地站着，发出惨淡的光。一辆黄包车从后面跟了上来，车上坐着阿灿和阿乙，他们都戴着墨镜，在他们的视线里，上海的黑夜就更黑了。前面陶大春的黄包车拐入一条弄堂的时候，阿灿公鸭一样的嗓子轻轻响了起来，他说给老子追上去。

陈曼丽丽一点也没有意识到后面跟着一辆黄包车，她只是看到了陶大春黑夜中的眼睛突然睁开，闪着精光，而一只手已经摸在了腰间。在咔嚓的钢铁之音中，陶大春已经将手枪子弹上膛，并且将陈曼丽丽压在了身下。陈曼丽丽的心脏狂乱地跳了起来，在极短的时间内她意识到两件事情：一、危险就在前头；二、陶大春根本就没有醉。

就在同时，阿灿和阿乙的黄包车越过了陶大春的黄包车，阿灿和阿乙从车上跃下，向陶大春开枪的同时，陶大春突然从座位上跃起，连开了两枪，一枪击中了阿灿的前胸，另一枪击在了电线杆上冒出火花。而一颗子弹穿过秋天的风，迅速地钻进了陈曼丽丽的手臂。陈曼丽丽觉得手臂上微热了一下，转头的时候已经看到胳膊上开出了一个美丽如花的小洞。陈曼丽丽的尖叫声响起的时候，车夫傻愣愣地站在原地。他像一截木头一样笔直倒下了，一颗子弹钻进了他的胸膛。而陶大春也一枪搁倒了阿乙，阿乙仰天倒了下去，和地上的阿灿组成十字形。陶大春笑了，他一步步走过去，把手枪里的子弹全部射进两个人的身体，然后画了个十字说，阿门。

那天晚上，陶大春扛起受伤的陈曼丽丽，把她带回了租来的亭子间。他用一把煨过火的小刀割开陈曼丽丽的皮肉，动作娴熟地替她取出弹头。陈曼丽丽痛得昏死过去，差点把衔在嘴里的毛巾给咬烂了。与此同时，在陈淮安和苏响坐落在福开森路的新洋房里，苏响要把陈曼丽丽和陶大春送的贺礼给扔了，那是一口法国产的落地钟，苏响认为这是一件不吉利的东西。陈淮安没有扔，陈淮安说，我欠了陈曼丽丽的，她怎么做都不过分。

那天晚上，苏响把一张写满字的白纸递给了陈淮安，上面写着约法三章，其中一章是如果苏响不愿意，陈淮安不能要求苏响过夫妻生活。苏响的意思是她害怕这事，陈淮安一下子就愣住了。他望着苏响那不容讨价还价的目光和苏响手中的那支派克金笔，最后还是接过笔签下了自己的名字。当他把纸交还给苏响时，苏响说，对不起。

　　陈淮安挤出了一个十分难看的笑容说，是我太失败了。

　　那天晚上，苏响在把自己关在卫生间里卸去新娘妆的时候，对着窗外黑如浓墨的天空轻声说，程大栋你这个天杀的，为什么还不给我滚回来？而第二天早晨，陈淮安坐在床边，头发蓬乱，眼睛红得像要杀人。

　　苏响醒来的时候定定地看着他，她把手插进了陈淮安的头发里，又说了一声对不起。

15

苏响和陈淮安的婚姻很平静。她按组织的要求，从公共租界警务处保出了好多共产党地下党员。陶大春也经常来，他以舅爷的名义有事没事就来送云南茶叶。他以喝茶为名来碰陈淮安，然后让陈淮安帮忙周旋，从租界警务处也保出了许多朋友。只有苏响十分清楚，陶大春保出的一定是军统上海站的人。

他的钱怎么那么多？他生意做得很好吗？陈淮安这样问苏响。

苏响不知道陈淮安是真装傻还是假不怀疑，她也不知道陈淮安会不会怀疑她的身份。表面上看陈淮安十分恋家，除了处理律师事务所的公事，基本上待在家里看报喝茶。有一天他喝了点酒，红着眼睛从背后抱住了苏响。他的手在苏响身上摸索着，这让苏响的身体渐渐变热。她反过身去搂住陈淮安的脖子，认真地和陈淮安好好地吻了一场。然而她的脑子里一直是程大栋的笑脸在沉沉浮浮，她终于一把推开了陈淮安，气喘吁吁地说，我害怕这事。

陈淮安终于吼了起来，有什么好怕的，我不是你先生吗？

这样的争吵并不多。大部分的时间里，苏响挽着陈淮安的手出席一些酒会，看上去苏响已经辗转在上海的名流圈里了。偶尔她也会偷偷去梅娘的住处看看卢扬和程三思，偶尔她还会拉拉从西爱咸斯路73号三楼那间朝北的公寓带到新房的手风琴。她特别喜欢《三套车》，是因为这个曲子可以让她发呆，她能想象马车越过雪地的场景。

那天陈淮安带着苏响和法租界警务处的贺老六一起在茶楼里喝茶，贺老六说起有一个共产党嫌疑犯被极司菲尔路76号的龚放要求带走了，那个人有九个手指头。那天中午的阳光很散淡，这些细碎的阳光落在苏响三人喝茶的茶楼露台上。苏响端起了一杯绿茶，那绿茶也浸在阳光里。苏响的心里却翻腾起细浪，她不知道有什么方法可以快捷地把情报传给梅娘，她也不知道那个九个手指头的人能挺住龚放的酷刑多久。看上去苏响很平静，甚至和贺老六聊起了家乡扬州江都邵伯镇盛产的一种肚皮发白的鱼。她找了一个机会去茶楼的吧台借电话，但是那天的电话却坏了。这让苏响几乎陷入了绝望之中。

那天晚上，苏响找了个借口匆匆去六大埭梅娘的住处找梅娘，梅娘叼着烟站在半明半暗的光影中。卢扬站在梅娘的身边，程三思躺在床上扳着脚。在两个孩子的眼里，苏响变得越来越陌生。她穿着考究，举止文雅，越来越不像他们的妈妈。梅娘皱起了眉头，因为她听到的是被捕者只有九个手指头这样一条信息。

这样的消息，显然是十分苍白的。

梅娘吐出一口烟说，你赶紧回去吧。

那天晚上，陈淮安坐在沙发上看报纸，他一直在看着苏响坐在妆台前卸妆。

你是共产党还是军统？陈淮安突然这样问。

苏响对着镜子笑了，说，你觉得我像什么？

我不知道，但我觉得你有些怪异。

苏响转过头来，对陈淮安妩媚地笑，我让你帮忙从租界保出几个人来，你就怀疑我是军统或共产党？

不是，我看你中午喝茶的时候心神不定。

苏响这时候意识到，她低估了陈淮安的眼睛。陈淮安低下头继续看报，但是他的嘴没有停下来。他说，就算你是共产党也没什么。

苏响不再说话。她加入了组织但从未入党，因为她不用入党。为了保密起见，她的档案也在共产党的阵营里被撤去了。有时候她是一个影子，或者说她只是一阵风，穿过雨阵和阳光突然降临的风。这个对于苏响而言沉闷漫长的夜晚，她和陈淮安按部就班地上床睡觉。但是她不知道这个夜晚有多少地下党员紧急转移了，不知道她的哥哥龚放在76号的刑讯室里已经坐了一整天。

龚放坐在刑讯室的黑暗中，他看到强光灯下照射着的九指的脸。他叫潘大严，是地下党一条线上的头头。他耷拉着头坐在龚放的对面，看上去他还没有吃过苦头，只不过脸肿了起来，那是被76号的人从捕房带过来时，被特工狠狠地甩了几个耳光。

龚放一直在等着潘大严招供。他已经坐了一天了，而且一直在喝茶。在午夜十二点的时候，他终于站起身来伸了一个懒腰，然后慢慢地走向潘大严。他的裤子是新的，呢子料。他的皮鞋擦得锃亮，看上去他纤尘不染，十分儒雅。他走到潘大严的面前，一名特工随即用一把刀的刀柄托住潘大严的下巴，把潘大严的头抬了起来。

龚放笑了，他轻声说，潘先生，我等了你一天，现在是午夜十二点。我决定不对你用刑，但是十二点到了你等到的只有两个结果：一是招供，我给你一笔钱去日本；二是不招供，用刀用枪都会让你死得太难看，所以我让你坐电椅。现在开始选择，我给你五秒钟，五，四，三……

潘大严的汗一下子就涌了满头。他惶恐地吼叫起来，我说，我说……我全都说。

潘大严把什么都说了，一边说一边哭，眼泪和鼻涕一下子糊了满脸。龚放站在距他不远的地方，始终把两只手插在裤袋里。他一直在微笑着，并且不停地点头。记录员在迅速记录，在潘大严交代完一切以后，记录员把一张纸唰地撕下，递到了龚放的手中。

龚放弹了一下纸，交给身边的行动队副队长说，马上出发。

但是那天晚上，有数辆脚踏车也从六大埭出发，滑行在上海清冷的街道上。一个个地下党员迅速转移了，以至于76号的行动队队员踢门入室的时候，所有的被窝都几乎还是热的。天亮以前，当行动队队员们从四面八方空手回到极司菲尔路76号的时候，龚放的脸一下子就青了。他突然意识到，共产党的情报系统太强大了，远比军统的情报线来得坚固和灵活。

第二天，潘大严就在龚放似笑非笑的目光中走出了76号的大门。他忐忑地走过76号门口的木头岗亭时，开始大步地奔跑起来。他害怕从76号某个角落里突然追出一颗子弹把他击毙。但是他的担心是多余的，他跑出好久以后也没见人追上来。

在龚放的办公室里，副队长对龚放放走潘大严百思不解。

龚放从一堆书里抬起头来说，我懒得毙他。

龚放又看了一会儿书，然后合上书本说，因为有人会制裁他。

几天后，潘大严在一个亭子间里被处决。那天他和一个女人躺在床上，屋外突然响起了鞭炮声。他光着身子拉起窗帘的一角往弄堂里看，好像是一户人家在娶媳妇。在最后一个鞭炮的声音响起以前，门被踢开了，一声枪响，潘大严的脑门上多了一个小窟窿。床上的女人跌下来，在床边颤抖成一只从天上突然跌入水中的鸟。第二天，潘大严躺在地上的照片就出现在报纸上，他很像一条被暴晒过的鱼干。

在梅庐书场的一个角落里，苏响和梅娘面对面站着。梅娘叼着烟说，你不用知道潘大严是谁杀的。

所以苏响只知道，潘大严死的时候没穿衣服，脑门上有一个小窟窿。

苏响在上海滩的名头越来越响了，其实她是一个很会交际的人。尽管陈淮安在律师界的名气很大，但是陈淮安并不十分喜欢应酬。而苏响在辗转酒会、舞厅的过程中，搜集到了许多情报。不久，很爱苏响的陈淮安在《申报》上登了招聘启事，他为苏响聘了一名司机，并且买了一辆别克汽车。那名穿格子西装的司机出现在苏响面前时，苏响笑了。

司机就是黄杨木。

陶大春依然常来找陈淮安，看上去他和陈淮安的关系比和苏响还熟。常和陶大春在一起的陈曼丽丽却始终对苏响充满着敌意，但是苏响十分理解陈曼丽丽。苏响是在一个充满月光的夜晚听陈淮安说起，陈曼丽丽曾经为陈淮安打过胎，但是陈淮安的父亲不允许陈曼丽丽进陈家的门，因为她只是个舞女。

陈淮安威严的父亲反背着双手，站在陈淮安面前说，你要是娶陈曼丽丽过门，你先把我像杀傅筱庵一样，用菜刀给劈了。

16

　　龚放被军统组织锄杀，是在冬天的一个薄薄的夜晚。龚放从来不愿意出门。那天是冬至，刚好下了一场雪。龚放手里拿着一只纸风车，带着两名特工走出了极司菲尔路76号，那天他只是想去吃一碗羊肉汤。看到漫天飞雪的时候，龚放的心情就有些激动。那时候没有风，他努起嘴吹了一下纸风车，风车就转了起来。而风就是在这时候被他引来的，一阵风吹落了树上的积雪，也吹得风车不停地转动起来。这让他想起老家扬州江都邵伯镇上的雪景，大雪铺盖了苏家大院，大雪铺盖了邵伯镇的街道与河流，以及邵伯人的睡梦，大雪还铺盖了整个的乡村。偶尔一丝灯光在积雪的覆盖下透出一丝清淡的温暖。龚放喜欢这样的场景，所以走在街头的时候他有些兴奋地把两手并举，头抬起来，仰望着天际。

　　那些纷扬的雪花落在他的脸上，转瞬即化，丝丝凉意给他带来了快感。不远处就是一个卖羊肉汤的夜排档，一对中年夫妇正表情木然地在路灯光下忙碌着。红色的炉火与雪交映，十分夺目。就在这时候一声枪响，龚放的身体被抛起来，重重地落地。接着又是两声枪响，两名特工还来不及拔枪，就被击毙在雪地里。殷红的鲜血抛洒，在雪地上形成一条清晰的血线。龚放仰卧着，面容特别安详，甚至脸上还漾着笑意。他在一动不动地看着漫天的飞雪，双眼的睫毛上落了雪花。他的左手还捏着那只纸风车。

三个男人穿着大衣踩着积雪迅速地向龚放靠拢。为首的一个男子手里持着长枪，他麻利地在三具尸体上又补了几枪。一个男子掏出一张写了字的黄纸盖在龚放的脸上，然后三个男子很快消失了。那对摆摊的中年夫妇目瞪口呆，他们还没反应过来，男人一手拿着羊骨头一手拿刀，像一个冻僵的木头人一样一动不动地站在那儿。很快雪就把他的头发变成了白色。

好久以后，他看清了不远的地方那张黄纸上的字，上面写着：杀尽汉奸。

这时候中年男人才悲哀、绝望地惨叫了一声，手中的刀子和羊骨头跌落在地上。

　　喜欢翻看报纸的苏响有一天突然扔下手中的报纸，从所住的福开森路的洋房中蹿了出来，迅速地叫黄杨木发动汽车。黄杨木是一个话不多的人，他开着车无声地在雪地里前行。阳光已经将上海照成了一片白光，苏响的眼睛里蓄满了泪水。她出现在陶大春面前时，直接扑了上去撕咬着。两名站在陶大春身边的汉子上去就把苏响一把扭住，扔出门外。苏响从地上挣扎着爬起，再次扑向陶大春，她披头散发像一个疯婆子一样。这时候两名汉子再次上前，被陶大春喝止。陶大春说，滚开。

　　这是一个尖叫与撕咬的下午。苏响疯狂地撕咬陶大春的时候，陈曼丽丽悄无声息地出现在门口。她冷冷地看着苏响将陶大春的衣服撕破，打陶大春耳光，甚至用尖利的指甲抓花了陶大春的脸。苏响突然看到被她撕开衣服的陶大春的胸口，刺着两个字：苏响。

　　陶大春掏出一把匕首递给苏响说，你可以刺我一刀，但是你别杀我。算我欠你一条命，现在我不能还你，是因为我还得杀汉奸。

苏响接过了匕首，她的眼里蓄满了泪水，所以从她的泪眼看出去陶大春是白晃晃的陶大春。苏响将匕首重重地插在了桌子上，扭转身就走，走到陈曼丽丽身边的时候，被陈曼丽丽叫住了。陈曼丽丽说，站住。

苏响站住了，她转过脸去，和陈曼丽丽的脸相距得那么近。

陈曼丽丽说，你现在看上去像一匹母狼。

苏响说，母狼总比母羊好。

陈曼丽丽说，所以我才永远都会输给你。

苏响说，你输给我什么了？

陈曼丽丽看了一眼陶大春胸口上的字，转头对苏响说，你懂的。

苏东篱从扬州江都邵伯镇上赶来了。他有很多年没有见到儿子苏放，他不知道苏放已经改名龚放，也不知道龚放在76号里已经当上了行动队队长。他的头发已经白了大半，像驮着一丛雪一样。他的长衫看上去仍然皱巴巴的。他好像比以前更瘦了，所以他的长衫看上去就略显宽大。

　　在一间空房子里，从来没有为龚放穿过衣的苏东篱，第一次给龚放换上了衣服。苏响就站在苏东篱的身边，她看到苏东篱伸出了颤抖着的手指头，十分细心地为龚放扣上了扣子。他发现了一个露在袖口处的线头，所以他拿过一把剪刀，仔细地剪去了那个线头。

　　一名特工匆匆进来，搬进来一只箱子。他把箱子当着苏东篱的面打开了，里面竟然是一堆的玩具：陀螺，洋娃娃，《封神演义》的卡片……

　　那天苏东篱透过窗户，看到76号院子里那只狼犬正吐着猩红的舌头。一帮日本宪兵队的人穿着白衬衣和一帮汉奸特工正在打一场篮球。球场上的积雪已经被清理掉了，打篮球的人浑身散发出热气，像是从锅里捞出来的馄饨一般。而不远处有一排人跪在墙角的雪地中，他们的手被反绑着，像一只只大小不一的粽子。一名特工突然走了过去，拉动枪栓对准这批跪着的人的后脑，一枪又一枪地击发。这些人依次向前扑倒，面前的雪地上随即多了一堆堆的血。一辆车子迅速开来，下来一群特工，把这些尸体抛上了车。车子向院门外开出去，这让苏东篱惊呆了，他怎么也想不到原来杀人可以这么迅捷，这么不留痕迹。

那天苏东篱站在雪地中对苏响说，跟我回去吧。

苏响说，回不去了。

苏东篱说，为什么？

苏响说，因为我有重要的事要做。

苏东篱的眼泪随即流了下来。那天苏东篱去了慕尔堂，见到了阔别多年的老朋友马吉。马吉和苏东篱在教堂可容纳三百八十人的楼座上，坐了一个下午，然后苏东篱走了。他的背影像一只大虾。

苏东篱走的时候，回头望了一下阳光下的慕尔堂。马吉养着的一群鸽子欢叫着，突然飞了起来。

苏东篱说，再见，马吉。

17

苏响一点也不知道，陈淮安已经被另一支部吸收为党员。陈淮安也一点都不知道，苏响一直是秘密战线上的人。那天梅娘在六大埭她的房子里告诉苏响，陈淮安已经是自己人，在关键时刻可以向陈淮安透露身份并求助，但是得等到万不得已的时候。所以这对夫妻各有身份，却相互不暴露。但是相对而言，苏响比陈淮安更在暗处。

苏响的上级只有一个人：梅娘。

苏响每隔一段时间都会去梅娘的住处看一次孩子。梅娘像一个保姆一样，十分尽职但是却对孩子十分严厉。当她呵斥卢扬或者程三思的时候，苏响就不太舒服。很多时候她是躲在窗帘后看孩子的，梅娘说孩子一直在问他们什么时候可以回苏响的身边，梅娘就说，等天亮的时候。

稍大一些的卢扬就会问，天亮了那么多次，为什么还不来接我们？

梅娘就说，要等大天亮的时候。

卢扬就会问，什么时候是大天亮？

梅娘就说，等大天亮了，我会告诉你的。

卢扬比程三思要大一些，她已经开始学写毛笔字。梅娘对苏响说，你把孩子放在我这儿算是赚了，我是书香门第，琴棋书画样样都会。卢扬学会的第一个字是：风。

梅娘也教卢扬唱歌。那天苏响躲在窗帘后，听卢扬唱李叔同的《送别》：长亭外，古道边，芳草碧连天；晚风拂柳笛声残，夕阳山外山；天之涯，地之角，知交半零落，一壶浊酒尽余欢，今宵别梦寒……苏响听着听着，眼泪就掉在自己的鞋背上。从那天开始，苏响稍微有点儿相信梅娘是大户人家出身，但是看上去她仍然像一个烟鬼。她的烫发蓬乱得就像是鸡窝，身上的旗袍难掩她越来越发福的身体。

她竟然备了一把戒尺，甚至用戒尺责罚不听话的孩子。所以有一次梅娘从家里送她进入弄堂的时候，她突然一下把梅娘的胸襟揪住说，你要是敢再动一下我的孩子，我剥你的皮。

那天梅娘在弄堂里剧烈地咳嗽着。等稍稍平息下来后，她点了一支小金鼠香烟靠在墙上说，剥我皮我也得管好他们，他们不光是你的孩子。

苏响说，难道是你的孩子？

梅娘把一口烟吐在苏响的脸上，大声决然地说，他们当然也是我的孩子。

春天来临了。

春天来临的时候，苏响去梅庐书场听书。在一个小包间里，梅娘一直沉默不语。后来她说，我给你看一样东西。梅娘把一粒金牙放在了茶几上，苏响的眼泪一下子就流了下来。

苏响说，还有什么？

梅娘又掏出一张用手帕包着的带血的照片，照片里是苏响和卢扬、程三思的合影。

苏响擦了一把眼泪，但是眼泪还是不争气地往下流着。苏响说，我就知道他回不来的，可他还是要去江西。

梅娘一句劝慰的话也没有，只是一直抽烟。苏响伸出手去，也颤抖着从烟盒里拿了一支小金鼠香烟，点了无数次的火，终于吸着了香烟。很短的时间里，她竟然把一包小金鼠抽完了，小包厢里就一直升腾着怎么也散不去的烟雾。

后来梅娘站起身来说，死一个人算什么。

苏响说，我知道，国家死了才可怕。

苏响又抹了一下泪，说，我不哭，我才不哭呢。

苏响努力地挤出一个笑容来，对梅娘说，你看，我笑了。

苏响的话音刚落，又一串眼泪掉了下来。

那天陈淮安在家里看到苏响的时候，苏响的眼睛是肿的。陈淮安看到苏响的手指头上多了一只金戒指，他不知道苏响是用程大栋的金牙打的金戒指。陈淮安没有问这金戒指是从哪儿来的，他只是觉得这个金戒指显得有些土气，不太像是苏响去打金店里打来，或者从商场买来的戒指。

这天晚上，苏响洗了一个澡，她十分主动地靠近陈淮安，这让陈淮安反而有些不知所措。苏响知道陈淮安十分可怜地忍了很久，她觉得自己欠下陈淮安很多。当陈淮安颤抖着幸福地一头走进苏响的时候，苏响的眼泪在那一刻流了下来。

这天晚上苏响十分疯狂，她不知道自己怎么会有那么大的力气。一直到后半夜，苏响才沉沉地睡了过去。她睡着的时候不断地说着梦话，又哭又笑。等到第二天清晨她醒来的时候，看到陈淮安就坐在床边，原来他一夜没有睡。陈淮安平静地说，你老实告诉我，你是哪条线的？

苏响没有说什么，她支起赤裸的身子在床上坐了好久，对着窗帘里透进的一丝亮光说，你在说什么？

一年后苏响生下儿子，取名陈东。陶大春带着陈曼丽丽来了一次福开森路苏响的家。

陶大春小心地在陈东的襁褓里塞了一个红包，轻声地对沉睡着的陈东说，我是舅舅。

抗战胜利的时候，苏响和陈淮安手挽着手在大街上走。他们看到大街上的人们举着蒋介石的大幅画像在游行，声浪一波一波地传来。苏响在人群中看到了陶大春，他穿着一身挺括的呢子军装在朝他们笑。陶大春的身边是陈曼丽丽，他们已经结婚了。

陶大春兴奋地说，胜利了。

苏响突然想起梅娘说过，她付出那么多钱，但只要苏响还她两个字：胜利。

可是梅娘十分明确地告诉过苏响，还没有胜利。

那天陈淮安数着陶大春肩膀上的星星说，不小啊，是中校。

陶大春笑了，说肯定很快就会不是中校，好日子就要来了。

那天陈曼丽丽对陈淮安说，我现在不恨你了，一点也不恨。原来你长得那么胖了，你简直像个猪似的。

陈曼丽丽穿着一套精致的月白色旗袍，笑得花枝乱颤。游行的队伍望不到头也望不到尾，喊口号的声浪铺天盖地，仿佛一片冒着泡沫汹涌而来的海水。苏响在心里就叹了一声，她突然很想去看看卢扬和程三思。

在梅娘的屋子里，卢扬和程三思并排站着，头上都戴着一顶鸭舌帽，身上穿着小格子西装。

梅娘严厉地说，给我站好了。

卢扬和程三思就把自己的小胸脯挺了挺。

梅娘说，叫妈。

卢扬和程三思努力了好多次，但是都没有叫苏响妈妈。苏响脸上的笑容慢慢收了起来说，我是妈。

卢扬说，我妈是梅娘。

程三思也学了一句，我妈是梅娘。

苏响有些愤怒了，对梅娘大声吼道，你为什么不说他们有妈妈？

梅娘冷笑了一声，万一有人试探他们怎么办？分分秒秒都有危险。

苏响无言以对。梅娘告诉苏响，日本人走了，全面内战一触即发。有一个潜伏的代号张生的党员已经被激活起用，但不是自己这条线上的人，他只和梅娘的上线马头熊单线联系。

苏响没有接梅娘的话，而是说，你抢走了我的孩子。

20

陈淮安是在凯司令咖啡馆里被捕的，那天他奉命去和代号张生的神秘人物接头。他有情报需要张生传递，同时他和张生要一起赶往杨浦发电厂附近一个叫八大埭的地方，去和人开一个秘密小组会议。

但是张生一直都没有出现。陈淮安喝了三杯咖啡，从一点钟的接头时间一直等到三点钟，仍然没有动静。陈淮安坐在咖啡馆里慢慢开始有些坐立不安，当他起身拿起衣帽架上的礼帽准备离去的时候，几名汉子突然拥了过来，枪就顶在了他的腰眼上。

陈淮安不紧不慢地扣着衣服的扣子。他不知道的是，张生在咖啡馆外就发现了危机四伏，他也是第一次和陈淮安接头。但是他不敢迈进咖啡馆半步，而是转身躲进了一条弄堂的角落，并且迅速地撤离了。

陶大春从不远处的一个卡座上起身走了过来，他走到陈淮安面前说，我应该早就想到你是共产党。

陈淮安没有吱声，他在想着一个问题，是不是张生已经遇到了不测，或者张生已经叛变？

陶大春说，大律师应该很会说话，你为什么一言不发？

陈淮安掏出烟盒点了一支烟。在他喷出一口烟剧烈咳嗽的时候，陶大春突然意识到陈淮安向来是不抽烟的。陶大春劈手夺下他嘴上叼着的烟，迅速地将烟纸剥开，却只在烟丝堆里发现了一张纸的毛边，很显然情报已经燃完。

陈淮安笑了。陶大春也笑了。陶大春突然收起了笑容，恨恨地一拳击在陈淮安的脸上。陈淮安的一串鼻血随即如面条般凝成血条挂了下来。他的鼻子明显歪了，那种火辣辣的疼痛让他知道，他的鼻梁骨一定是断了。

这天晚上，陶大春去了福开森路苏响家里。管家领着陶大春出现在苏响面前时，苏响抱着陈东在逗陈东玩。陶大春在沙发上坐了下来说，知道我为什么来你家吗？

苏响说，你今天说话有些阴阳怪气。

陶大春就笑了，说，陈淮安是共产党你知不知道？

苏响转瞬间掠过惊讶的神色，但随即收敛了，她的脸部表情天衣无缝。苏响说，你把他弄到哪儿去了？

陶大春说，他在淞沪警备司令部的监狱里待着，你可以去看看他。

苏响不再说话，她默默地把陈东从手中放下来，牵着陈东的小手一步步向卧室走去。等门再次打开时，出来的已经是苏响一个人了。

苏响在陶大春对面的沙发上坐下来说，他是共产党？

陶大春盯着苏响的脸说，他隐藏了好多年。

苏响说，有没有办法把他保出来？我有的是钱。

陶大春说，有钱也没用，我忠于党国。

苏响这时候一眼瞥见陶大春肩上的校官军衔已经从两颗星换成了三颗星。她想起陶大春在街上对她和陈淮安说过，肯定很快就会不是中校。果然如此。

陶大春坐到苏响的身边，慢慢伸出手揽住了苏响的肩头。苏响目光呆滞，没有反应，她的目光一直投在墙上的结婚照上。

陶大春说，我可以带你去香港。

苏响仍然呆呆地没有反应。陶大春的手就落在了苏响的屁股上，苏响转过头对着陶大春笑了。陶大春忙挤出一个难看的笑脸给苏响看。苏响不屑地轻声说，你配不上我。

陶大春的笑容就一直僵在那儿，过了一会儿，他慢慢地把手移开，目光在屋子里四处打转。最后他站起身来说，你的性格一点也没有变。

陈曼丽丽去了淞沪警备司令部监狱看陈淮安，陈淮安已经被打得皮开肉绽，像一只破旧的四面通风的箩筐一样。他是大律师，一向用嘴说话，可现在他的嘴唇被刀片割开了，分成了两半。他是笔杆子，写得一手好字，但是现在指甲被拔光了，手指头肿得像胡萝卜。看到陈淮安的这副样子，陈曼丽丽随即耸动肩膀哭了。陈淮安却笑起来说，有什么好哭的。

陈曼丽丽说，你为什么不招？

陈淮安咬着牙说，死个人算什么？我就算死，也不会招的。

陈曼丽丽睁着一双泪眼慢慢地后退，退到门边的时候她转身快步离开。她找到了陶大春的办公室咆哮，陶大春却自顾自喝着茶，根本没有理会陈曼丽丽。

陈曼丽丽说，你准备杀了他还是怎么？你还是他太太的同乡呢。

陶大春仍然不理陈曼丽丽，他翻开一张报纸，饶有兴致地看起了新闻。

陈曼丽丽说，你就知道升官发财。

陶大春这时候把报纸扔在了茶几上说，你是在念旧情吧？

陈曼丽丽想了想说，是。

陶大春说，你觉得我会念旧情吗？

陈曼丽丽说，你不会。

陶大春说，错！只要他把他的那条线招出来，他还是我兄弟，我马上送他去法国，他可以买座庄园每天骑马种葡萄。

陈曼丽丽说，你错了。你想要撬开他的嘴，比你当上将军还难。

陶大春脸上的笑容收了起来，咬紧牙关说，你一定会当上将军夫人的，你等着。

陈曼丽丽离开陶大春办公室的时候，陶大春拨通了苏响家的电话。陶大春说，你应该让他见一下孩子，他太想念你们了。

苏响选择一个阳光很好的下午去了西郊的淞沪警备司令部，黄杨木开车送苏响和陈东一起去。那天苏响化了一个淡妆，穿上了一袭新做的阴丹士旗袍。在车上，她一直紧紧地抱着陈东，仿佛陈东是一只随时会飞走的鸟。

黄杨木表情平静地开车，他从一名少年成长为一名小伙子了。他是一个话不多的人，在苏响抱着陈东下车的那一刻，黄杨木为他们打开了车门。黄杨木的手一直搭在车门上，平静地说，你最好不要去看他。

苏响迟疑了一下，没有理会黄杨木，而是抱着陈东一步步走向了监狱的大门。

苏响去找陶大春，但是陶大春手下的一个少尉记录员却说陶大春去市里办事了。苏响又按程序要求见陈淮安，少尉记录员说陶大春有关照，如果一个叫苏响的女人要求接见，可以见，其他人一律不见。

苏响说，我就是苏响。

那天陈淮安正在被执行水刑。两名汉子不停地给陈淮安灌水，这让陈淮安觉得自己快被淹死了，强烈的窒息感让他觉得自己进入了一个巨大的黑色洞穴。他在洞穴里手舞足蹈，洞穴的顶部亮着白亮的光芒。当他的头被人从水里拉起时，他的鼻涕一下子全喷出来了。陈淮安是律师，知道这种呛人的水刑导致的结果是肺、胃、气管、支气管大量进水，大小便会失禁。之前的割唇、拔手指甲和这比起来，都只能算是小儿科了。这时候陈淮安十分渴求一颗子弹，他想起了他在他的上线马头熊面前举起手宣誓的时候，他就说过时刻准备着为胜利而牺牲。现在这个时刻就快到了。

陈淮安再一次被按入水中。他并没有死，而是被湿淋淋地推到了窗前。透过狭小的窗口，他看到苏响就站在院子里的一堆阳光下，怀中抱着他的儿子陈东。苏响被一群特工拉着，他们推搡着苏响，然后和苏响一起拍照留影。他们甚至让陈东在地上爬，陈东被吓得哇哇大叫。然后特工们把陈东从地上一把拎了起来，让他挨个叫他们爸爸。陈淮安的心像被割下了一瓣似的疼痛起来，他突然想到了一个十分实际的问题，他可以死，苏响和陈东怎么办？他们是被人欺侮一辈子，还是陪着他一起死？

陈淮安的信念就是在那一刻动摇的。他突然想到他应该远离中国，他完全有能力带着苏响和陈东去美国或法国，他仍然可以当律师，长大后的陈东也可以当一个医生或是律师。他为什么要在这儿受这么巨大的痛苦？而与此同时，在一个隐秘的爬满爬山虎的窗口，陶大春一直在望着被特工们欺侮的苏响母子。他笑了。

陶大春慢条斯理地走出了办公室，他轻声对自己说，上场。

陈淮安透过狭小的窗口，看到陶大春突然出现。陶大春咆哮着挥拳将几个特工打倒在地，让特工们跪在地上给苏响道歉。

苏响的脸色冷冷的，她没有理会特工，她根本就没听清楚特工在地上道歉说了什么话。她想起了少年时光，想起邵伯镇上的竹林、河流，升腾着的地气，小街与田野等等，那时候陶大春为了保护她，像一头咆哮的公狼和一群地痞混战在一起。最后满头是血的陶大春手里举着铁锹，气喘吁吁地望着地痞四处奔逃。那些少年旧事像水蒸气一样，在阳光下上升，最后不见了。

苏响回过神来，认真地对陶大春轻声说，陈东的爷爷愿意出五十条大黄鱼。

陶大春为难地皱起了眉头说，你不要害我。你知道……我答应过让陈曼丽丽当将军夫人的。

苏响不屑地笑了，你夫人真庸俗。

陶大春有些不悦地说，不许你这样说她，她是我夫人，你说她就等于在说我！

苏响说，那让我见见他！

苏响见到陈淮安的时候，十分惊奇于自己竟然没有流下眼泪。陈淮安湿漉漉的，像一条被抛上岸的鱼，他的手指头已经红肿化脓泛白，嘴唇因为被割开后发炎，已经肿成了很大的一块。陈淮安的嘴唇哆嗦着，他想要去抱儿子陈东，但是陈东却哇地哭了起来。

陈淮安手足无措地搓着手，他不愿意惊吓到他视作生命的儿子。

苏响一直微笑地看着陈淮安，她想起当初程大栋告诉他，鲁叔一家三口都牺牲了。现在她掰着手指头算，卢加南和程大栋已经牺牲了，如果陈淮安也牺牲了，那刚好也是三个，这样的话，她家就和鲁叔家扯平了。所以苏响话中有话地说，你儿子我一定会照顾好，上学，娶妻，生子，传宗接代，光宗耀祖。

陈淮安说，你什么意思？

苏响仍然微笑着说，我的意思是你放心吧。

陈淮安怅惘地噢了一声，他看到苏响低身抱起陈东，像没有任何留恋一般决绝地向外走去。走到一截围墙边，苏响看到了墙上恣意攀爬着的碧绿的爬山虎，在阳光底下迅猛生长。她仿佛听到了爬山虎在风中生长的声音。她想，多么绿啊。而陈淮安一直都在看母子俩的背影，在他闪烁的目光中，陶大春为自己点了一支烟。

陶大春凭着敏锐的直觉，觉得陈淮安已经像一块松动的墙砖了，只要用点儿巧力摇几下，就能把这块砖从墙上拆下来。

这天傍晚，陶大春打电话让陈曼丽丽从家里送来一瓶藏了好几年的绍兴老酒。陈曼丽丽说，什么事情让你那么兴奋，喝酒就不能回家喝吗？

陶大春挥了一下手说，你懂什么？你就等着当将军夫人！

陶大春支开看守和警卫，以及刑讯室的特工，带着酒走进了陈淮安的牢房。

21

对于陶大春而言，这一次搜捕是令人失望的，从午夜十二点开始，十台军车驶向不同的方向，每台车上都配备了一名队长和十名士兵，但抓回来的却只有一名代号马头熊的共产党地下党头目。陶大春在办公室里等到中午，直到所有军车都驶回了警备司令部，他才匆匆从办公室里出来，直接到了刑讯室。

他在刑讯室里见到了唯一的收获，马头熊。这让陶大春脑子里迅速地掠过一个信号，军统内部出现了内鬼，有人泄密了。他开始排查，参加会议的十名特工都有可能泄密，参加搜捕行动的一百一十名士兵也有可能泄密，要想在这庞大的人群中锁定内鬼，比赶走日本鬼子还难。

但是好在他抓到了来不及撤离的马头熊。陶大春认为，只要马头熊也成了叛徒，那是不是也可以咬出一串鱼来？陶大春亲自审了马头熊，这是一个浓眉大眼的中年人。陶大春拍着马头熊的脸叫大哥，陶大春说，大哥你招了咱们就是兄弟，你可以吃香喝辣，你要是不招，你的路就只能有一条。

马头熊说，按你们的规矩是不是先用大刑？

陶大春愣了一下说，你什么意思？

马头熊说，你先把该用的刑用一遍吧，因为我不知道自己是不是能扛得牢。

陶大春笑了，他知道马头熊的意思是死也不招，他也知道马头熊的语气中饱含着一种挑衅。陶大春对身边的特工说，先把手和脚的骨头敲断。

马头熊昏过去三次，三次都被冷水浇醒了。陶大春坐在审讯桌前对刚醒过来的马头熊说，想好了，我没有耐心。

马头熊张着所有牙齿已经被敲落的空洞的血糊糊的嘴，口齿不清地说，我想好了，我肯定活不长了。

陶大春知道，他碰到了一个钢板做的硬货。这让他很不愉快，但是他还是通知苏响接走了陈淮安。按照陈淮安的意思，苏响带着陈东，坐着司机黄杨木的车子在晚上去接陈淮安。在接到陶大春让她去接人的电话那一刻，苏响就知道，陈淮安叛变了。

陈淮安之所以选择夜里离开警备司令部监狱，是因为他怕见到太阳光。他坐上车子的时候，一把抱住了陈东，仍然把陈东吓了一跳。陈淮安抱紧陈东，又腾出一只手揽住了苏响，眼里含着激动的泪水，他说苏响，我以后再也不能抛下你们娘儿俩了。

陈淮安回到家里洗澡，叫来私人医生为伤口消毒，换上了新衣服。他决定马上离开上海，去香港避避风头。他告诉苏响，第二天中午他会去十六浦码头上船。苏响一个晚上都没有睡着，她不知道该不该将叛徒要出逃的消息告诉梅娘。直到快天亮的时候，苏响才昏昏沉沉地睡了过去。

那天中午，苏响看到陈淮安上了他自己的司机老金开的车，车子离开了大门。陈淮安在临走前曾经说过，等不打仗了，一家人可以在香港团聚，现在他出去只是打前站，同时也好在香港避一下风头。苏响不愿把这个消息告诉梅娘，她突然觉得如果陈东没有了父亲，那么三个孩子的命运将变得一样的残酷。尽管她没有汇报这一消息，但是梅娘的眼线还是从码头的客运部那儿得到了消息，有一张甲等船票属于陈淮安。

梅娘那天在屋子里抽了三支烟。她抽烟的时候十来个人围坐在她的身边，大家都昂着头想听梅娘有什么话要说。一片寂静，一直等到梅娘掐灭第三支烟的烟头时，大家才把热切的目光投向梅娘。梅娘说，把他绑回来。

十多个人蜂拥而出，屋子里一下子安静了，只有卢扬和程三思扑闪着大眼睛，一片迷蒙地望着梅娘。那天中午，梅娘手下的人并没有绑到陈淮安，因为陈淮安没有出现在船上，也没有出现在码头。陈淮安只是虚晃一枪，让老金开车在大街上转了一圈，而他自己其实一直还躲在洋房的另一间屋子里。黄昏时分，他突然现身了，手里拎着一只皮箱出现在苏响面前。陈淮安告诉苏响自己要去机场，他没有买机票，而是要搭一个在邮政局工作的老熟人的邮政货班的班机去香港。陈淮安临走前紧紧拥抱了苏响，在苏响的耳边轻声地说，中午组织上一定派人去码头了。

苏响在陈淮安的怀里问，你怎么知道？

陈淮安说，我的直觉一向灵敏。我到香港后会联系你，条件成熟了我们一家人全过去。

陈淮安说完，又抱起陈东，用那张被割裂的红肿的嘴亲了亲陈东，然后拎起皮箱快速地离开了洋房。过了一会儿，苏响掀开了窗帘一角，她看到陈淮安迅速地上了老金从暗处突然开出的车。苏响就在心里感叹，陈淮安一定是学会了地下工作的那一套。

苏响走到电话机边，看着那部金色的西洋电话机，她觉得十分奇怪。她总是对这种可以把声音从某处传达到另一处的机器感到好奇，她一直犹豫着要不要拎起电话机。苏响拎起电话机又放下，如此反复。连续三次以后，苏响开始拨一个牢记于心的号码。

梅娘守在书场的电话机边，她完全确定苏响是知道陈淮安去十六浦码头的，但是苏响却没有向她报告。她派出的人马扑空以后，怀着赌一把的心态，她守在电话机旁。电话响起来了，一个女人的声音十分清晰地从话筒里钻出来，陈淮安正在从福开森路前往机场搭乘邮政货机。

电话迅速挂断了。梅娘再次将嘴里的小金鼠香烟掐灭，飞快地离开了梅庐书场。她风风火火地跑到一条弄堂附近时，数名汉子迅速地向她靠拢。梅娘急切地说，机场……

就在此时，苏响呆呆地站在窗前。她的手里拿着一张白纸，那是她在新婚夜写下的约法三章，上面有陈淮安的签名。苏响把这张白纸折成一朵小白花的时候，脑海里浮起了她和陈淮安一起在米高梅舞厅里跳舞的场景。苏响突然觉得，她仿佛和陈淮安过了很多年，不然她的记忆中陈淮安怎么会那么青春勃发或者说少年倜傥。苏响把白纸裁开，折成了两朵小白花，一朵塞在了陈东的手里。什么也不懂的陈东开心地笑起来，他说，妈妈，花花漂亮。

22

　　陈淮安举行大丧以前，苏响去慕尔堂请马吉牧师。那天马吉正蹲在慕尔堂门口喂一群鸽子，听了苏响的请求，他一言不发。

　　在墓地，一身黑衣的苏响突然闻到了桂花的香味，她知道原来是又一个秋天来了。那天如苏响所愿，天空中下起了雨，这让她想起陈淮安向她求婚的时候，也是一个下雨天。苏响已经记不起来那天来了多少人，来了哪些人。她只记得来的人中有陈淮安那颤巍巍如一根风中稻草的老父亲，有陶大春和陈曼丽丽，还有牧师马吉。她当然也记不起来马吉在墓前说了什么，只记得陈曼丽丽的肩膀耸动得厉害。她微笑着走到陈曼丽丽的面前，陈曼丽丽泪流满面地问，你不难过吗？

　　苏响说，他去了该去的地方，那儿满是福祉，有光明和温暖在等待着他。

陈曼丽丽惊讶地说，你信教了？

苏响说，我不信，我只相信黎明就快来了。

陈曼丽丽诧异地说，现在不是天亮着吗？

苏响说，你不会懂的。

在众人即将散去的时候，陶大春把苏响拉到了一边。陶大春穿着一身黑西服，显得无比肃穆，却缀着一朵触目惊心的白花。陶大春鹰一样的双眼紧盯着苏响，咬紧嘴唇说，是你杀了他？

苏响平静地说，血口喷人！

陶大春说，你是共产党？

苏响说，你觉得是那就是，你把我抓走吧。

陶大春沉思良久说，算我又欠了你一条命。

那天陶大春回到警备司令部后直奔刑讯室。在刑讯室里他看到了奄奄一息的马头熊。陶大春蹲下身轻轻地拍着马头熊的脸说，再问你一次，招不招？

马头熊说，我要是招了……我地下的先人不认我。

陶大春的耐心彻底失去了，他起身大步向门口走去，走到门边时头也不回地拔枪，翻转手向地上的马头熊连开三枪。

苏响不信陶大春会不查自己，所以在安顿好所有事以后，她离开了陈家，把自己留在福开森路那幢洋房里的痕迹抹得干干净净。苏响是在一个雾蒙蒙的清晨搬离洋房的，她站在车边望着那幢楼，突然觉得自己在这儿的生活像一场梦。苏响选择在清晨搬家是因为，她觉得清晨比黑夜更干净更不引人注目，她喜欢清晨潮湿的生涩的空气。

苏响带着陈东住进了辣斐德路文贤里11号的一个亭子间。秘密电台仍在运转，交通员仍然是黄杨木。为了便于工作，梅娘最后让苏响把陈东也送到了她那儿。苏响抱着陈东去梅娘家的时候，打开门，她看到梅娘头上戴着一朵小白花。两个同样戴着白花的女人在这个清晨相遇了。梅娘点了一支烟，也给苏响一支。苏响犹豫了一下后接过了，任由梅娘替她点着了烟。两个人就在一堆烟雾里面对面站着。她们都没说话，有时候相互笑笑，后来她们笑的频率渐次提高，有几次她们简直是在畅快地大笑。

苏响装作抽烟十分老到的样子，喷出一口烟来说，你这是替谁戴孝？

　　梅娘说，替我男人。

　　苏响惊讶地说，原来你……你有男人？

　　梅娘说，谁能没有男人啊？我丈夫叫……马头熊。

　　苏响一下子愣了。这时候梅娘的眼泪滚滚而下，她用肥厚的手掌擦了一把泪，又狠狠地吸了一下鼻子，恶狠狠地说，他妈的，这烟呛的。

　　梅娘说完调整了一下情绪，吸吸鼻子说，无所谓，不就是一条命吗？

23

在陶大春带人拘捕梅娘以前，梅娘已经送走了卢扬、程三思和陈东，她把孩子交给了黄杨木。她一直都在等待着C计划的出现，而风声越来越紧，她无处可搬，即便搬了也不利于接头。梅娘终于拿到C计划，并且译成电文，她把电文给了苏响。同时交给苏响的还有一本张恨水的言情小说《啼笑因缘》。

苏响摸着书封上"啼笑因缘"四个字，她知道这是一个男人和三个女人的故事。苏响就想，自己生命中最精彩的部分，却是和三个男人一起构成的。

那天梅娘从菜市场回到家，她本来想在中午的时候炒一盘鸡蛋，并且喝半斤绍兴老酒解解乏的。她刚进家门，就发现屋里有人来过的痕迹。她放在门槛上的小枝条明显落在了地上，她刚要退出，一把枪从后面顶在了她的腰上。梅娘只得往屋里走，她看到了坐在椅子上喝茶的陶大春。

梅娘笑了，说，你好像特别懂茶叶似的，你是不懂装懂吧？

陶大春也笑了，说我对不懂的东西都想研究。

梅娘抛了一支烟给陶大春，并且为他点着了，说，你怎么会到这儿来？

陶大春说，我早就怀疑过你，但我一直找不到证据。

梅娘给自己点了一支烟说，现在你有证据了？

陶大春说，把C计划交出来，你仍然可以开你的梅庐书场。你经营了那么多年书场，没人经营了可惜。

梅娘说，没有什么好可惜的，我已经活得够本了。

陶大春退后一步，再一步，他已经不愿再费什么口舌。他轻轻地挥了一下手，两名特工随即上前扭住梅娘的手。

梅娘说，不要绑我，我是书香门第出身，我有大户人家小姐的底子，十分好面子。不信你们看看墙上。

其实陶大春早就看到了，梅娘写的是"捕风"两个字，笔锋刚劲，墨汁淋漓。陶大春连笑了三声，他说，书香门第你捕什么风？

就在这时候，在文贤里11号的亭子间里，苏响纤长灵活的手指在嘀嘀嘀地按响着敲击键。她的手指如同飞翔的小鹿，迎风奔跑，一分钟可以敲下两百次键。她的属相天生就在十二属相以外，她属风。手指如飞的时候她的血就开始加快流速，那是一种奔涌的速度，所以看上去她的面上涌起了潮红。一个伟大的情报被苏响传出，那就是C计划。

那时候军统早已改组为保密局。陶大春一直没有找到设在警备司令部内保密局的内鬼，他的无线电侦缉车却发现了文贤里附近活跃着不明的信号，并且已经排除了商业电台。陶大春得到的所有信息是，每天后半夜两点，必有神秘电台在文贤里一带活动。

陶大春的侦缉车发现了文贤里附近活跃着信号，但是侦缉车却无法侦察到具体发报和接收电文的地址。陶大春让人到文贤里附近的一处高楼观察，无线电发报人可能会用黑布蒙住灯泡，但是无线电使用时的功率却会不经意让附近住户的灯泡发出暗淡的时隐时现的不规则灯光。

　　陶大春布置完这一切以后离开了淞沪警备司令部。作为派到军队监督军官动向的保密局下派人员，陶大春从来都没有忘记过真正的敌人。离开司令部以后，他直接去了上海大饭店，这一天他为陈曼丽丽庆祝生日。他一直以为陈曼丽丽不容易，受过太多的委屈，他必须对陈曼丽丽好一些。而与此同时国军的战况一直不佳，他觉得自己和司令部人员一起撤向台湾几乎已成定局。但在撤走以前，他严格地履行着自己的军人职责，绝不放过一个共产党。

　　在上海大饭店的一个豪华包厢里，陶大春为陈曼丽丽举行了生日晚宴，然后转场去了米高梅舞厅。在他为陈曼丽丽打开车门的时候，一名特工向陶大春报告，文贤里附近的所有行动人员已经到位，这时候才晚上九点钟，离行动时间还有五个小时。

　　陶大春笑了，说今天这条鱼一定不能漏网了。

　　这是一个狂欢的夜晚，陶大春却一直坐在桌边，等待着下属的汇报。他一边看着陈曼丽丽在舞厅里旋转的优美舞姿，一边脑海里浮现出这样的场景：在文贤里附近停着无线电侦缉车，在一座高楼上有人向文贤里居民区瞭望。文贤里附近还停着一辆军车，车上是十名武装人员，随时准备出击。

陈曼丽丽从舞场上下来，大声地用手掌扇着风喊着热。后来她去了卫生间。陶大春在好久以后才发现陈曼丽丽去卫生间了，他和陈曼丽丽的女伴们开玩笑说，女人就是事多，在一起那么多年了半个孩子也拉不出来，跑卫生间却跑得比谁都勤。

陶大春在这中间去打了几个电话，询问了蹲守的情况。当他从舞厅里可以打电话的吧台上回到座位上，再次看到陈曼丽丽的空座位时，突然有了不祥的预感。他足足呆了半分钟，才一拍脑袋向外冲去。

那时候侦缉车已经侦察到了信号，在高楼观察的特工确定了文贤里12号和10号的亭子间有微弱的灯光，那么基本可以确定电台在文贤里11号。陶大春随即按计划向守候在文贤里附近的一辆军车用手电筒示意，连续打出了两个代号一字的信号。车上全副武装的士兵迅捷跳下车，向文贤里11号扑去。

陶大春也赶到了文贤里附近，他和那批士兵会合在一处。当他得知无线电信号的传出方向是文贤里11号时，带着士兵踢开了11号的门。室内空无一人，只有一台尚有余温的电台还躺在桌子上。

11号的灯被一块黑布罩着。陶大春一把将那块黑布扯下，转身带着士兵们冲了出去。陶大春大声喊，封锁附近所有弄堂口。

这个无比寂静的夜晚，一个穿着呢子大衣的女人背影出现在弄堂里，她十分散漫地向前走着，看上去她比散步还显得悠闲。路灯把她的身影拉长，所以她一直都是踩着自己的影子在往前走。她很快遇上了荷枪实弹的士兵，成为他们拘捕的目标。陶大春大声喊，给我站住。

女人没有站住，也没有加大步幅，而是平静地一如既往地向前走着。所有的士兵都向这边拥来时，女人开始不急不慢地奔逃，高跟鞋在地面上敲出十分清脆的声音。陶大春开枪了，一枪击中了她的大腿，女人随即跌扑在地上。这时候她抬起头，看到了弄堂上空缺了一只角的月亮。

陶大春带人将女人围在了中间，女人被翻了一个身，她仰躺在地上。陶大春愣了片刻，最后蹲下身，用枪顶住陈曼丽丽的头说，我没想到竟然会是你。

陈曼丽丽笑了，你想不到的事情多了。

陶大春说，我对你不错吧？

陈曼丽丽真诚地说，挺好的，我最不后悔的一件事就是嫁给你。

陶大春咬牙切齿地突然吼了起来，那你还要这样对我?！你不仅通风报信，还为你的同伙转移而拖延时间。

陈曼丽丽说，大春，我怀孕了。

陶大春后来无奈地收起了枪，对两名特工说，带走。

陈曼丽丽被人拖了起来，拖向那辆远远停着的军车。陈曼丽丽的脸仰向天空，天空中有稀少的星星在亮着。陈曼丽丽的脸上就露出了笑容，她开始喃喃自语，她说陈淮安你真是软骨头，我瞧不起你；她说宝贝，妈对不起你了；她说大春要是我们都是老百姓该有多好啊。陈曼丽丽的鞋子被拖掉了，露出一只光脚。陈曼丽丽的头一歪，她一口衔住了衣领，一会儿她的嘴角沁出了黑色的污血。

陈曼丽丽最后看到的是所有的星星，合并成了一颗最亮的星星。她觉得这颗星星肯定就是她肚里的孩子，所以她轻声说，孩子。

然后她慢慢闭上了眼睛。她觉得很累，但她还是看到了天空中一颗流星拖着一条尾巴划过黑色如缎的天幕。陶大春飞扑过来，两拳打倒了拖着陈曼丽丽的特工，抱着陈曼丽丽大声地号哭起来。

陈曼丽丽不会再说话。没有人知道陈曼丽丽此前如何找到了苏响，也没人知道她和苏响说了什么，更没人知道陈曼丽丽是共产党地下组织中哪一条线的。她就像被激活的一颗星，在突然擦亮了天空以后，瞬间就谢幕了。

苏响在陈曼丽丽的掩护下成功撤走了。一直到上海解放以后，苏响才知道陈曼丽丽的代号，就是张生。

一九四九年春天，马吉在慕尔堂门口的空地上不停地晃荡。他来到中国已经有十多个年头了，他学会了使用筷子，并且使用中文对话。他有为数不多的朋友，扬州江都邵伯镇上的苏东篱就是其中一个。马吉这天一直都在哼一首和故乡有关的歌曲，在哼到第二段第二句的时候，他看到了一个似曾相识的女人。这个女人看上去有些衰老了，她戴着帽子，嘴巴用薄围巾包了起来，只露出一双眼睛。她用明净的眼睛盯着马吉看了很久。

她的声音从围巾里传出来，我是谁？

马吉听到声音大笑起来，说原来是你。

苏响说，我来求你一件事，你能不能主动去一下淞沪警备司令部，找一个叫陶大春的人？

马吉说，投案自首吗？

苏响说，你真会开玩笑，我想请你为很多人做祷告，他们就要死了。

马吉说，为什么？

苏响说，因为天就要亮了，天亮以前有很多人要死去，阎王爷会收走一些好人。

马吉去了西郊的淞沪警备司令部，他是在一批犯人临刑前为他们做祷告的。他找到一个穿上校军服的男人，男人正在办公室里匆忙地整理一些档案。马吉被一名卫兵带到了他面前，马吉说，是一个叫苏响的人让我来找你的。

男人手里还拿着一沓档案，听到马吉这样说，他愣了一下停下来。你有什么事？他说。

马吉说，苏响让我来为一些人做祷告。

男人愤怒了，他把一沓档案重重地摔在桌子上，档案随即乱了，随即他又一拳击在玻璃台板上。桌上的玻璃台板裂开了许多细密的纹路。马吉看到碎纹下面，一个女人穿着旗袍浅笑的样子。这个女人马吉不认识，她叫陈曼丽丽。

男人就是陶大春，他颓丧地在办公椅上坐了下来，用手托着头，好像是脖子支撑不住他的头颅的样子，又像是奄奄一息的样子。很久以后他无力地挥了一下手说，我满足她的要求，我让看守带你去。

陶大春又补了一句，苏响把什么都算到了，还是她笑到了最后。

当被两名持枪的看守带着，走进囚房的时候，马吉看到了那些眼神忧郁的人。他们有的靠墙，有的躺在地上，看上去死气沉沉。马吉为他们做祷告，他不知道该用哪一段祷文，所以他随便选了一段。这个高鼻子蓝眼睛头发有点儿稀疏的美国半老头子，一边走一边大声祷告：愿人都尊你的名为圣。愿你的国降临。愿你的旨意行在地上，如同行在天上。我们食用的饮食，今日赐给我们。免我们的债，如同我们免了人的债。不叫我们遇见试探。救我们脱离凶恶。因为国度、权柄、荣耀，全是你们的，直到永远……

马吉一边走一边祷告着。一个女人突然扑了过来，她已经血肉模糊，浑身结痂，看不清她的脸容。甚至她的一只眼球已经没有了，深陷下去一个瘆人的小坑。她的双手就撑在木栅栏上，有一只手的手掌不见了手指，另一只手的几只手指也软软地挂着。她的嘴里发出含混的声音，几个音节在喉咙里翻滚着跌扑出来。她说，能不能给我一支烟？

马吉是不抽烟的，但那天他宽大的衣袋里刚好藏了一支别人送给他的雪茄。他把雪茄颤抖着递给女人的时候，女人伸过嘴来。马吉这才意识到女人的手显然是坏了，一个看守替女人点着了烟。女人猛吸了一口，十分贪婪的样子，然后开心地笑起来。女人说，这是雪茄，我见过但我不爱抽，我喜欢小金鼠香烟。我家是浙江诸暨的，知道诸暨吗？

马吉摇了摇头，猪鸡？

女人说，那你总知道西施吧？西施？西施是一个女地下党员，打入敌人的内部去了。最后，勾践胜利了，知道勾践吗？他们都是诸暨人。

马吉懵然地摇了摇头说，我不认识西施，也不认识勾践。

女人显然有些烦了，猛挥了一下那只已经没有手指的手说，懒得和你说这些。告诉你，我家是书香门第，我们斯家一门九进士……

女人就是梅娘。

这是马吉在上海的最后一次祷告。其实苏响来见他的时候，他已经准备好行装想要回美国了。走出警备司令部监狱的时候，他抬头看到了破棉絮一样无力的太阳，懒洋洋地半隐半现挂在云层里。马吉选择了一个清晨离开慕尔堂，那天苏响来送他。苏响依然戴着帽子，依然用薄围巾包着嘴。马吉的身边放着一只超大的皮箱，他和一个中国牧师在道别。中国牧师也姓马，他弓着身子十分虔诚地听马吉在交代着什么。马吉其实什么也没有交代，他唯一要求这个叫马大为的中国牧师做的，是替他喂好他的鸽子。

没几天梅娘和一批人被带了出去，用一辆篷布军车拉到一个废弃的石料仓库。陶大春站在一边监刑，他的目光一直停留在梅娘身上，他一直以为这个女人和她的丈夫马头熊一样是钢做的，就算你把她拆得七零八落，她也不会向你吐一个字。如果她一定要说话的话，她会这样说，能不能给我一支烟？

在陶大春的内心里，他对这个女人升起了无限的敬意。囚犯们都转过身去，只有梅娘没有转身，梅娘也在微笑地看着陶大春。陶大春走到梅娘面前，他把一包小金鼠香烟拆开，抽出一支插在梅娘的嘴里，并且为梅娘点着了烟。梅娘美美地抽了一口，她看到陶大春把剩下的烟和火柴全塞进了她的衣兜里。

陶大春说，带着香烟上路吧。

梅娘说，你觉得我像是大户人家出身吗？

陶大春说，你比秦始皇家的出身还大气。

梅娘就满足地笑了。就在她抽完最后一口烟的时候，行刑士兵们的长枪都举了起来。预备，一名瘦脖子的军官在一边这样喊。

陶大春站在一边仍然定定地看着梅娘。所有的人都开始喊共产党万岁，只有陶大春清晰地听到了梅娘的喊声。梅娘是面朝着枪手们站立的，她大声地吼叫着，我的三个孩子，你们要为我活下去！！！

那一刻陶大春的神经被梅娘的叫声击中，他突然觉得这批钢一样的人是他和他的党国所摧毁不了的。那天陶大春在枪响过后狼狈地离开了，他的脑门上渗出了虚汗。在那天晚上，陶大春一直不能入睡，他的耳朵里灌满了枪声。陶大春固执地认为，他可能得了耳病。

第二天早上，黄杨木把一张《申报》交给了苏响，苏响看了一眼以后，仔细地把报纸折起来藏在口袋里。报纸上面有梅娘等人被执行枪决的消息，苏响轻声说，姐。苏响又轻声说，姐。苏响再轻声说，姐姐姐姐姐……苏响呜咽起来，说姐我承认你是书香门第。

苏响这样说着的时候，一边的黄杨木眼圈红了。黄杨木说，她是我亲姨。

苏响知道，无论是鲁叔，还是梅娘，还是自己，还是其他的人，都把整个家掷在了血与火中锻打。有时候，他们都来不及留下自己的真实姓名。

这天黄杨木向苏响传达了组织上的一个新命令，让苏响转道香港去台湾建立六号电台。苏响接受了命令，她从这间借来暂居的狭小屋子的床底下取出了手风琴，十分专注地拉了一曲《三套车》。有五月的风从窗口漾进来，吹起她的头发。慢慢地，她的脸上露出了微笑。那天黄杨木紧紧地拥抱了她，在他的心目中苏响永远是一个只能远观的女神。她刚洗的头发散发出阵阵发香，在此后黄杨木的记忆里，就一直有她的发香在飘荡。黄杨木软软地跪了下去，双膝着地，脸紧贴着苏响的小腹。苏响的手垂下来，抚摸着黄杨木略微有些卷曲的头发。她的手指头不经意地触到了黄杨木的脸，脸上湿漉漉的一片。

苏响说，孩子们在你那儿都好的吧？

黄杨木说，都好。

黄杨木又说，我把他们当成我自己的。

苏响说，在我老家有一种不能长大的树，叫黄杨木。

黄杨木说，可是我已经长大了。

苏响就笑了，说我明天早上八点就走。我到你那儿看看我的孩子们，我怕以后看不到他们。

黄杨木说，好。但他们不能见你，在天亮以前，任何有可能引起麻烦的事都不能做。

苏响又笑了，说黄杨木，你果真长大了。

这是一个五月的雾茫茫的上海清晨，苏响站在一座小院的院门外，她的身边放着一只皮箱。她穿着一袭蓝旗袍，隔着门缝看黄杨木和卢扬、程三思、陈东按高矮站成一排。

黄杨木说，现在让我们一起来唱《送别》，长亭外，古道边，预备唱。

三个孩子用稚嫩的声音开始唱歌：长亭外，古道边，芳草碧连天；晚风拂柳笛声残，夕阳山外山；天之涯，地之角，知交半零落，一壶浊酒尽余欢，今宵别梦寒……

在歌声里，苏响决然地拎起了皮箱，大步流星地走在上海的街道上。她一边走，一边泪流满面，和着孩子们的歌声一起大声地唱着：一壶浊酒尽余欢，今宵别梦寒……

而她的皮箱夹层里，藏着一台被分解的电台。

后　话

　　上海解放了。黄杨木带着卢扬、程三思和陈东去了慕尔堂，他看到马大为牧师在慕尔堂门口侍弄一些鸽子。那些鸽子振振翅膀，咕咕欢叫着飞向了天空。

　　马大为牧师喜欢模仿外国人的模样，他不停地耸肩，说一些简单的英语单词。卢扬、程三思和陈东一下子爱上了那些鸽子，他们不停地喂鸽子吃面包屑。马大为牧师耸耸肩说，主会保佑你们的。

　　黄杨木是少数几名转到新成立的上海市公安局上班的地下工作者之一，地址是福州路185号原国民党上海市警察局。黄杨木坐在高大宽敞的办公室里，干的是他的老本行，主要负责敌特情报收集与侦破工作。与此同时，苏响奉命由香港维多利亚港天星码头去了台湾，抵达基隆组建六号电台。不久，工委委员蔡人培被捕获，把整条共产党地下交通线全部招出，国民党保密局密捕苏响。而此时苏响已经听到风声飞往浙江舟山。那时候舟山还没有解放，缉拿在逃女匪苏响的密令却已经先期到达舟山。在舟山沈家门镇一家充满鱼腥味的医院里，苏响潜藏了整整七天，遭到了国民党保密局人员的搜捕。当陶大春出现在她面前的时候，苏响正以病人的身份躺在病床上。陶大春说，对不起。

苏响笑了，说见到你很高兴。

苏响从病床上起来被保密局特工带走了。在刑讯室，陶大春和苏响久久对视。

陶大春说，需要吃的吗？

苏响说，不需要。

陶大春说，那你需要钱？需要机票？

苏响说，不需要。

陶大春说，需要自由？

苏响说，不需要。恐怕这是我们最后一次见面了。日本鬼子被打跑的时候，我们在上海街头碰到，你说胜利了，可是我没有说，因为那时候没有胜利。但是现在，快了。

陶大春无言以对。他明明是胜利者，他把苏响缉拿归案，但是他却没有一丝胜利者的喜悦。他爱着苏响，不然他的胸口不会刺上"苏响"两个字。可现在他差不多是杀死了苏响的人。

苏响在第二天就被执行了死刑命令。陶大春没有参加行刑，他根本就不敢参加。但是他带走了苏响的遗物，一张藏在怀表里的照片、一枚金戒指和一支钢笔。这三样遗物和三个男人有关。

陶大春在这年的冬天奉命潜回上海进行破坏活动，完全由地上工作转为地下工作。望着黄浦江奔流的江水时，陶大春知道上海乃至中国都不再属于他的党国，他的青春和满腔热情都已经不在了。他租了一个亭子间，化名姜明泉深居简出。有一天黄杨木带着公安人员踢开了他的房门，那时候他的耳朵里还挂着耳机，他的手指头还按在敲击键上。黄杨木蹲下身说，久违了。

陶大春摘下耳机，狠狠地砸在了桌子上。他理了理衣领，扣紧第一粒扣子。其实他想吞掉衣领上的氰化钾，但是他最后还是没有勇气。他想起了陈曼丽丽吞掉衣领上的氰化钾的情景，这时候他明白，他永远都不是陈曼丽丽的对手，也永远不是苏响和梅娘的对手，因为她们敢死。

这时候黄杨木的耳朵里却灌满了嘀嘀嗒嗒的发报声。看到电台，他想起了苏响。

苏响的遗物就放在黄杨木的办公桌上：一张苏响和卢加南的合影；一枚金戒指，那是用程大栋的金牙打出来的；一支派克金笔，是陈淮安送给她的定情信物。黄杨木对着三件遗物慢慢地脱下了帽子。办公室的墙上，挂着一幅字。那是在六大堘梅娘的屋子墙上发现的，黄杨木把这幅字装裱了，挂在墙上。

这两个字是：捕风。

黄杨木对着那堵墙说，姨娘，黑鸭子来和你接头了，她是来给你当收发报员的。你仍然是译电员，我是你们的交通员。黄杨木的眼眶里蓄满了泪水，他到现在才知道，黑鸭子就是苏响的代号。这时候一场雪正在阳光下融化，黄杨木转眼透过窗子刚好看到一蓬雪从瓦楞上掉落，纷纷扬扬像一场雪雾。

这是后话。

跋：致无尽的忧伤

2012年5月7日晚，此刻南方阵雨，我书房的墙壁上，栖着一只童年的蜻蜓。我不知道它是少男还是少女。我只知道所有的青春都像云烟，黑夜从四面八方向我奔袭，我眼前浮起的却是一幅幅画面：在车水马龙的旧上海，一个个年轻人穿越霓虹灯的光线，他们从容地集会，游行，散发传单，进行爱情，以及在一声枪响中倒下。

　　我坚信有一种职业，叫作捕风，捕捉着风的声音和风的信息。在杭州飞往北京的客机上，我虚构了这个叫作《捕风者》的小说。那时候我心情激动但外表平静，眼里看到的除了舱外的浮云，还是浮云。我写下这个小说的第一个字的时候，女人苏响就以蜻蜓的姿势飞临我的书房。她从懵懂到明朗，从青涩到成熟，最后成为我党一名地下工作者。这些于我而言其实不重要，重要的是她一定有丝绸、棉布旗袍，有首饰，有胭脂，有手表，有婀娜的舞姿，以及大把的青春。她生活在早已离我们远去的旧上海，像一场默片中出场的人物。她的人生必定短暂，也必定精彩。我十分愿意她是我的亲人。

极司菲尔路76号曾经在我的作品《旗袍》中出现，还有沙逊大厦、苏州河、六大堆和八大堆，以及提篮桥。我要如何将旧上海用我的笔复原，我要如何描摹《捕风者》中的三个女人，不同的境遇不同的人生路线却有着相同的信仰，她们一个又一个坚定地倒下，像一张随风飘落的梧桐叶片，如此静美。

这是二十世纪四十年代的上海，我多么愿意生活在那个年代。即便矫情我也要号啕大哭，为如花的女人曾经的青春、爱情、理想和无尽的忧伤。

创作谈：上海往事

即便是一只蜘蛛，它也会在雨后选择一个角落回忆往事。

现在就是一个雨水充沛的午后，我觉得自己像一株葱茏的中年植物，想要把脚长成根须的模样。我必须老实交代，我生于诸暨县枫桥镇丹桂房村。如果你不明白，你就想象一下一座江南的村庄。武侠小说中少年侠客骑着马披着蓑衣，一般都会打马越过这样雨水不断的村庄。一闪而过啊，一闪而过。我生活在杭州，在城西吃住，在闹市区工作。我总是在微醺的时候迷恋和想象上海，她是我生命中一个时常重复的长梦。如果给这个梦一个时间，我希望她是民国。

民国年间的"孤岛"时期，硝烟还没来得及散尽，沉闷的炮声刚刚过去，但上海的繁华不会输于现在。《色，戒》中王佳芝坐着叮叮作响的轨道电车，微雨洒进了车窗，我觉得这是一个多么美妙的镜头。在车墩影视基地，我看到一位开这种车的中年男人，他穿着脏兮兮的灰白色制服，面无表情地为一个新开的戏把车子开过来又开过去。我觉得我会喜欢上这种单调的职业，我愿意当这样一个在电车上发呆的司机，哪怕开的是没有乘客的空车。

在同一条短小的路上，反复地脸带愁容地开着同一辆作为道具的电车，这是一种变相的幸福。

现在，请假定这是一辆空车，车里装满的必定是我民国年间的孤独。然后，枪声响起来，汪伪特工、军统，日本宪兵和特务机关，共产党地下人员，在这样的一座城市里开始暗战。那种平静之中的惊心动魄，是一种比曲别针还弯曲但却闪亮的人生。2010年的某一天，我开始创作电视剧《旗袍》，一个叫丁默群的清瘦男人，一直都坐在极司菲尔路汪伪特务机关的某张皮沙发上，一坐就坐过去他的一生。我不知道是为王志文而写了一个丁默群，还是丁默群本来就为几十年后的王志文活过一回。总之《旗袍》就这样"粉墨登场"，女一号马苏不停地变换着旗袍，在这部剧集里走来走去，仿佛她有用不完的力气似的。

我十分害怕她细小的腰肢，有一天因为高跟鞋的突然折断，而在百乐门舞厅里折了她的腰。

我想我是迷恋旗袍的。我认为专做旗袍的裁缝，一定会有一只藤箱，里面装满了皮尺、剪刀、画粉、布料、盘扣，以及一应俱全的各式工具。他去为太太小姐量体裁衣，民国才会显得丰盈起来。他的藤箱如同我的电脑包，同样是为谋生而使用。我总是背着电脑包风尘仆仆地赶往剧组，在那儿住下来开始我的生活。所有的演员都在演戏，我有时候也去拍摄现场看看，可是我怎么都觉得我一步步走过去，走进的不是片场而是我的人生。

《旗袍》是写得很辛苦的一个剧，很多年过去了，她成了一个旧剧。但我始终认为，这是我跨进影视之门的第一道门槛。这部剧，我留下的纪念不是一袭旗袍，而是拍戏的某个夜晚，我在片场捡起的日本宪兵枪膛中跳出的子弹壳。现在这枚子弹壳躺在我的书房里，见到它时，我总是仿佛能听到一声枪响。多么响亮啊，像一记生活的耳光。

电　视

　　在我十分年少的时候，我认为电视机是一种妖怪。

　　其实你可以想象的。在上海龙江路75弄12号低矮的房子里，一个少年目光呆板，盯着十二寸的黑白电视机看电视。那时候电视机没有遥控器，换台还需要转动旋钮，旋转的时候啪啪作响。那时候电视机的屏幕是外突的，闪着灰色的光，像一个营养不良的乡村孕妇。这个哈着腰长得壮实肉感土里土气的少年，把大把的时间都用在了盯电视屏幕上。每天晚上，他看电视都要看到半夜，直到屏幕上雪花纷纷扬扬。这让少年想到了故乡枫桥寒冷的冬天，他在上海里弄外婆家狭小得转身都困难的房子里，十分坚定地认为电视机是一个妖怪。如果它不是妖怪，它怎么会把那么多的人间悲欢装进一个小小的匣子里？

　　少年就是我，那时候的我肯定不是玉树临风。我很肉，长得很像小兵张嘎。

　　那时候我"检阅"的电视大部分都只有上下集，你可以想象一下那大概是三十年前。三十年是一个什么概念？三十年就是一个哇哇降生的八〇后突然间娶妻生子，这需要多少的光阴啊。接着我看到的是《虾球传》《蛙女》《上海滩》《霍元甲》《陈真》《万水千山总是情》……

许多睡不着的夜晚，我从外婆家打开门溜出去，穿着短裤汗背心趿着拖鞋。我完全顺着路灯光铺成的马路走，手里捏着一根捡来的短棍。短棍在墙体上行走，划过了高大的围墙，划下一道细碎的白色印痕。我觉得那时候我的少年辰光是如此的充满忧伤，我一个又一个地数着路灯，一直走到离外婆家很远很远，一直走到摆渡的码头，一直走到天色发白，一直走到可以看到牡丹牌电视机的巨大广告。然后我站住了，像一个马路上突兀的标点符号。

我就那么顺着许昌路走，一直走到杨树浦发电厂附近。然后回头的时候选择另一条路，转个弯是怀德路，接着是龙江路。我把这些角角落落都写进了我的长篇小说《向延安》中，我小小的胸腔里装满了整个的上海。

那时候我认为上海就是我的。

《向延安》《捕风者》《代号十三钗》《麻雀》《惊蛰》《棋手》《唐山海》《旗袍》《秋风渡》……我笔下的这些小说或者电视剧，一个又一个地把发生地选择在了上海。上海是一个产生故事的地方，当然也产生大量的工人。我喜欢看到的旅行包的图案是工厂正在冒烟，上面有两个字：上海。我的大舅是国棉十三厂的，大舅妈是上海拖拉机厂的。我的小舅和小舅妈都是上海自行车三厂的。二阿姨和二姨夫都是上海钢铁二厂的。我的四姨是上海医疗设备器械厂的，四姨夫在一家金店工作。我的小姨和小姨夫是杨浦区环卫管理处的。我的母亲是老三，她戴着大红花作为上山下乡的知青，雄赳赳地来到了丹桂房村插队落户。她看到辽阔而贫穷的田野时，她觉得上海反而是她一个刚刚发生过的梦。那时候她十分青春，但是她很快就明白，青春逝去的速度，如同闪电。

这就是普通的上海家庭的成员，他们都是工人。我少年的辰光也希望成为一名工人，我在外婆家的屋子里，能听到不远处新沪钢铁厂巨大的机器声。这样的声音像潮水一样，慢慢地淹过来，将我整个的少年辰光都淹没了。我见证了那时候十分年轻的舅舅阿姨们的恋爱，他们的脸上闪动着光洁的笑容。现在我回头想想，他们生活得多么像一部电视剧。

我开始恋爱的时候，女朋友有一台黑白电视机。那时候我从部队回来没多久，我傻愣愣地坐在她家里。我们有时候谈天很热烈，甚至不知天高地厚地谈起了文学。我们有时候一言不发，坐成一张照片的样子。我觉得1992年真是一个十分好的年头，我们穷得只剩下大把的时间了。那时候我用二十八寸的海狮牌自行车把她驮来驮去，那时候我们的样子简直比风还要嚣张。我穿着旧军装，敞着怀，露出雪白的衬衣，她穿着自己做的棉布裙子。我们开始看一部叫《过把瘾》的电视剧，每天都会在午夜播放。我喜欢上王志文的演技，但是我永远不会想到，有一天我会写一个叫《旗袍》的剧本，有一天王志文会来演这部电视剧，有一天我会和王志文在横店影视城的一个饭店里喝酒。

妈的，电视真是一个妖怪。

极司菲尔路76号以及上海歹土是我梦里面最深的黑白底片

很多次我啃着碎面包，或者吃半碗黄酒，在潦草生活中看《色，戒》。我对那些被人津津乐道的镜头不感兴趣。我感兴趣的是76号这个汪伪特工总部里，电影一开场就出现的那条狼狗。我喜欢那条狼狗的眼神，那是一种电一样的攻击性眼神。我还喜欢那辆黄包车，蹬车的汉子屁股离开座凳，这让我想起我年轻时候的骑车姿势。当然，我也喜欢看那辆有轨电车，我觉得我一半的魂一定丢在那辆车上了。用现在的话来说，那辆车可以有另一个名字，叫往事。

也许你已经明白，我把这部电影当作纪录片来看。我总是觉得我前世的所有梦都埋在了旧上海的光影里。我固执地爱着上海，偶尔会梦见外祖父和外祖母，梦见绿皮火车，梦见火车的车头冒着白气，穿过平原的雪阵。这些碎梦构成了可以拼凑的一个剧情。

我疯狂地钻研着极司菲尔路76号的结构，我发现这里面有刑讯室，有办公室，有机要室，有译电室，有图书馆、医院，也有行动大队、警察大队……甚至还有银行、学校和航运公司。这多么像是一个十分正规的单位，而这个单位里发生了那么多的事。易先生在文件上签下了命令，他十分平静地告诉手下，把王佳芝给毙了。

扣动扳机是容易的，听到枪响也是容易的，但是签下这个字不容易。我能想象王佳芝在泛着银辉的月光下，会流下眼泪和干净的鼻涕。她一定在想着，青春如此懵懂，爱情从来都是没有方向。

我在屋子里走来走去。屋子是杭州城西的一家叫布鲁克的酒店。酒店的219号房十分狭小。这个阴雨连绵的夜晚，我的头发蓬乱，眼睛血红，我甚至还喝了三两五年陈的黄酒。我实在搞不懂是我梦见了我的一生，还是我的一生都是在梦中。我想，壁虎也会回忆往事的，这种尾巴很脆的动物，我认为完全可以把它当作宠物来养。我不相信它会比那些宠物蜥蜴逊色多少。我想，完全可以在壁虎的身上贴一张小的标签，上面写上：正在回忆，请勿打扰。

所有的电视剧，必定是一些人在集体回忆。

遥远是因为我害怕走近，
走近是因为我害怕遥远

我认识一位上海导演，很多时候我都想选择一个天气晴好的日子，坐着高铁去上海和他聊聊剧本。最后我没有成行，因为我十分害怕坐在高铁车厢的座位里，一个小时不到列车就把所有的路程全部走完了。而在我少年的辰光里，坐着棚车（一种运货的火车）从绍兴到上海要十一个小时，坐着绿皮火车从诸暨到上海要九个小时。突然间一切都变得那么快，让我来不及做好思想准备，有些措手不及。

我的父母、妹妹，以及一些亲人都生活在上海。我十分害怕和上海之间的距离越来越近。年少轻狂时候唱过的歌，其实还跌落在外滩上。但是，我知道上海的一切都变了，当我在三维地图上查到我生活过的龙江路75弄早就成了一片林立的高楼时，我更不愿意站在高楼的面前，像一个失魂落魄的流浪者。

我相信我更愿意站在从前，站在那片黑压压的低矮的旧民居前，那时候家家户户都在上演着柴米油盐的电视剧。

我不再去想象上海，只愿意在电视剧里重新构架我梦想中的旧时上海。我喜欢电视剧《暗算》里的最后一个镜头，年迈的柳云龙白发苍苍，看到有人在拍一个戏，戏里和自己长得一模一样的年轻人，身穿笔挺的军装坐上了一辆黄包车正打算去执行任务。他看到的不是电视剧了，看到的是一把从前。我在写《捕风者》的时候，一开始就写到一个女人来到拥挤的上海，在里弄的一间房里，有人把一只包着白布的骨灰盒推到她面前，说这是卢加南同志……

女人没有哭。她替卢加南同志活了下去，她完成了一项项任务，她在上海的任务，是捕风……

女人叫苏响。她没有哭，而我自己写着写着号啕大哭。我被小说中的人物打动，她和我打招呼，她说，我们都寻找过爱情的不是吗？我们都愿意去死的不是吗？于是我想，我们都生活在无尽的忧伤中啊。我和我的夫人正在老去，女儿正在青葱。我觉得我们就像一粒被风吹来吹去的草籽，或者就是风本身，在春天里徜徉。